HISTORIAS
para el ALMA

Tapiz de Amor
en Santa-Clara

PEPE LUIS PEDRAZA

DEDICACIÓN

Dedico este libro a mi esposa, hijos y familia porque han sido la razón que Dios me ha dado para seguir luchando.

El Amor de Dios se refleja en cada uno de ellos.

El Señor me ha mostrado que primero es Él ante todas las cosas Y luego es mi familia; la que amo y por la que oro en todo tiempo. Esto es para que ellos vean que lo que nos propongamos hacer En nuestra vida, poniendo a Dios por delante, se puede.

CONTENTS

GÉNESIS 2

Y dijo Dios: No es bueno que el hombre esté solo; le haré
ayuda idónea para él. Y Dios tomó una de las costillas del
hombre e hizo una mujer, y la trajo al hombre. Por tanto, el
hombre dejará a su padre y a su madre, y se unirá a su mujer, y
serán una sola carne.

CAPÍTULO 1
Hilos de Encuentros

El sol comenzaba a ponerse, proyectando un cálido tono dorado sobre el apacible pueblo de Santa-Clara. Dentro de los muros del convento, Sor Leonor, se encontraba en su dormitorio arrodillada en oración, abriéndose a la guía y la presencia de Dios. Su devoción a la fe era inquebrantable. Su vida estaba dedicada a servir a Dios con todo su corazón y toda su alma.

- "Señor, guía mis pasos." - susurró las palabras con un suave murmullo en el espacio sagrado. Sus dedos recorrieron las páginas texturizadas de su Biblia, buscando consuelo en los versículos familiares que habían sido sus compañeros durante incontables noches. No se trataba de una simple rutina; era una conversación con lo divino, un momento en el que el velo entre lo terrenal y lo celestial parecía más delgado.

Cuando terminó de orar se puso en pie y abrió las ventanas de su recamara. Allí se escuchaba el susurro de la brisa entre las hojas del viejo roble que había fuera de los muros del convento. A lo lejos se escuchaba la voz de un predicador, y las alabanzas de un pueblo, que llamó su atención. Era la primera vez que escuchaba algo así que proviniera de la plaza del pueblo. Se detuvo frente a la ventana para poder percibir lo que estaba pasando. Intrigada, salió de su cuarto, y a la ligera, caminó hacia la plaza del pueblo. Allí, una pequeña multitud se había reunido en torno a una figura carismática. Era Gabriel, un predicador evangélico conocido por su profundo conocimiento de la Biblia y su capacidad para llegar al corazón de sus oyentes.

Leonor se unió a la multitud, picada por la curiosidad. Sintió que su alma se estremecía cuando las palabras de Gabriel la inundaron. Sus enseñanzas revelaban la naturaleza del amor de Dios y el propósito de la existencia humana.

- "En el principio", - decía el predicador – "Dios creó al hombre y a la mujer a su imagen y semejanza. Dios los bendijo y les dijo: 'Fructificad y multiplicaos'. Esta unión divina del hombre y la mujer es algo más que una simple asociación. Es un reflejo del amor de Dios. Entiendan que el propósito de Dios para con el hombre y la mujer era que se unieran para que juntos puedan llevar una vida consagrada al Señor, no era para que el hombre estuviera solo, ni la mujer estuviera sola tratando de servirle con sus propias fuerzas.".

En ese momento Gabriel abre su biblia y lee; "Escuchen lo que dice el libro de Eclesiastés, capitulo 4, los versos del 9 al 12 'Mejores son dos que uno; porque tienen mejor paga de su trabajo. Porque si cayeren, el uno levantará a su compañero; pero ¡ay del solo! que cuando cayere, no habrá segundo que lo levante. También si dos durmieren juntos, se calentarán mutuamente; mas ¿cómo se calentará uno solo? Y si alguno prevaleciere contra uno, dos le resistirán; y cordón de tres dobleces no se rompe pronto'." - Cerrando su biblia continuó hablando, "el propósito de Dios fue unir al hombre y a la mujer para hacerlos uno solo".

Leonor escuchaba atentamente, absorbiendo las profundas palabras de Gabriel. Sus enseñanzas parecían penetrar las capas de su entendimiento y revelar nuevas profundidades de verdad. En lugar de cuestionar inmediatamente su fe, Leonor sintió una suave expansión dentro de su espíritu, como un capullo que se despliega en primavera. Las enseñanzas parecían ofrecer, no una contradicción, sino una perspectiva más amplia de las ilimitadas formas en que se podía servir a Dios.

De repente, un estruendo interrumpió la enseñanza de Gabriel. Desde el otro extremo de la plaza, una comitiva de soldados montados a caballo se abría paso entre la multitud. A la cabeza iba un hombre de aspecto imponente, vestido con una armadura reluciente y una capa escarlata. Era el Duque Edmundo, el noble local conocido por su férrea adherencia a la tradición y su desconfianza hacia cualquier cosa que considerara poco ortodoxa.

- "¿Qué es esto?", tronó el Duque, su voz cortando el aire como un látigo. "¿Quién te ha dado permiso para predicar en mi pueblo?"

Gabriel, lejos de intimidarse, se mantuvo sereno.
- "Señor Duque", respondió con calma, "no necesito permiso para compartir la palabra de Dios. Su mensaje de amor es para todos".

El Duque Edmundo entrecerró los ojos, su mano inconscientemente yendo a la empuñadura de su espada. - "Hablas de amor y paz, predicador, pero ¿qué sabes realmente del mundo más allá de tus escrituras? Este pueblo tiene su iglesia, sus sacerdotes. No necesitamos que vengan forasteros a sembrar confusión".

La tensión en la plaza era palpable. Los aldeanos observaban el intercambio con una mezcla de miedo y fascinación. Sor Leonor, sin darse cuenta, había dado un paso adelante, como si quisiera intervenir.

El público, antes cautivado por las palabras de Gabriel, ahora retenía la respiración ante el enfrentamiento. Sor Leonor, sintiendo una mezcla de temor y admiración, observaba con atención. Su corazón latía con fuerza; algo dentro de ella le decía que este encuentro no era meramente casual, sino un momento decisivo en su vida espiritual.

Gabriel, sin embargo, mantuvo la compostura. "El Señor nos enseña", dijo con voz firme pero amable, "que el verdadero poder reside en la compasión y la comprensión, no en la fuerza de las armas ni en la riqueza de un hombre".

El Duque Edmundo, visiblemente irritado por la respuesta de Gabriel y el apoyo murmurante de la multitud, señaló acusadoramente al predicador y se dirigió a la multitud.

- "¡Cuidado, pueblo de Santa-Clara! Este hombre os seduce con dulces palabras, pero su veneno es peligroso. No permitiré que tales herejías perturben la paz de mi dominio."

- "¿Cómo es posible que yo perturbe la paz, cuando les estoy trayendo la paz del Señor, la que nadie puede dar? Ni siquiera usted con sus soldados." – declaró Gabriel.

El Duque Edmundo, rojo de ira, se acercó aún más a Gabriel.
- "Escúcheme bien predicador. No es que esté en contra de la palabra de Dios. Pero ya hay muchas herejías rondando por estos lares. Yo lo estaré velando muy de cerca. A la que yo vea algo extraño, o alguna confusión en el pueblo le aseguro que al instante me lo llevaré preso."

Gabriel, lejos de amedrentarse, sonrió.
- "Vaya usted tranquilo, le aseguro que nunca iré preso, porque conmigo está el poderoso gigante. ¿Por qué no se queda para que escuche el mensaje de la palabra?"

- "Porque nuestros sacerdotes nos las enseñan, y no hay necesidad de escuchar lo que usted tenga que decir.", replicó el Duque con desprecio.

- "¿Es eso, o tiene el temor de descubrir verdades nunca aprendidas? – desafió Gabriel.

El Duque Edmundo, furioso pero incapaz de encontrar una respuesta adecuada, se volvió bruscamente hacia sus hombres. - "Vigiladlo de cerca", ordenó. - "A la menor señal de traición, traédmelo".

Mientras el Duque y sus hombres se retiraban, un murmullo recorrió la multitud. Algunos parecían asustados, otros emocionados por el desafío de Gabriel. Sor Leonor, por su parte, sentía que su mundo se había sacudido hasta los cimientos.

Gabriel, inalterable, con una sonrisa tranquilizadora, volvió su atención a la multitud.
- "Disculpen el altercado, hermanos, son cosas que pasan cuando el enemigo quiere impedir que la palabra de Dios se lleve a la humanidad. Pero, como les estaba diciendo, el matrimonio no es sólo una institución social" - continuó Gabriel. "Es un vínculo espiritual, un medio a través del cual experimentamos el amor de Dios, y es por lo que le servimos fielmente. En su carta a los Efesios, el apóstol Pablo motivaba a los maridos a amar a sus esposas como Cristo amó y se entregó a sí mismo por la Iglesia."

La mente de Leonor se arremolinaba de pensamientos mientras consideraba el significado de las enseñanzas de Gabriel. Siempre supo que su misión como monja era servir a Dios con todo su corazón, pero además de su profundo amor por Dios y por el prójimo, ¿podría haber otro camino que incluyera ambos amores? ¿Hay algo que ella nunca aprendió referente al compromiso de servirle a Dios junto a un conyugue?

Como si percibiera su conflicto interior, Gabriel se volvió para mirar a Leonor, con los ojos llenos de compasión.
- "Hermana" - le dijo Gabriel con una voz llena de compasión.

- "Me llamo Sor Leonor", respondió ella, sorprendida por la repentina atención.

- "El camino del matrimonio, cuando está arraigado en el amor de Dios y construido sobre los cimientos de la fe, es un poderoso medio de adoración. La unión de dos almas unidas por el amor de Dios. A través de ellas, la gracia de Dios puede transmitir e impactar no sólo en las vidas de la pareja, sino también en las de quienes les rodean."

Sor Leonor sintió que su corazón daba un vuelco. Las palabras de Gabriel resonaban en lo más profundo de su ser, despertando preguntas y anhelos que nunca antes había considerado. ¿Quizás Dios la está llamando a explorar un tipo diferente de servicio: el matrimonio y un camino compartido de fe?

En ese momento, los ojos de Gabriel la atravesaron, como si pudiera leer sus pensamientos moviéndose dentro de su mente.
- "Recuerda las palabras del salmista", dijo con convicción. "Deléitate en el Señor, y él te concederá los deseos de tu corazón. Busca fervientemente la voluntad de Dios, hermana Leonor. Él te guiará hacia la plenitud y hacia su propósito."

Los ojos de Leonor se llenaron de lágrimas al sentir el peso de las palabras de Gabriel y la agitación de su propia alma. Siempre ha buscado servir a Dios con todo su corazón, y ahora está entusiasmada con la posibilidad de un nuevo tipo de servicio que implica tanto su devoción a Dios como el amor que comparte entre los humanos.

Mientras tanto, Sor Úrsula, una monja conocida por su inquebrantable compromiso con las estrictas tradiciones del convento, observaba la escena desde la distancia. Su rostro se frunció al percibir lo que consideraba una peligrosa desviación del camino sagrado.

Leonor salió hacia el convento, con la mente y el corazón llenos de nuevos pensamientos y preguntas, para buscar el consuelo y la orientación de Sor Úrsula, por cuanto la conocía por su inquebrantable dedicación a sus votos de celibato y soledad. Tan pronto dio unos pasos se encontró frente a Sor Úrsula. Para su sorpresa, el rostro de Sor Úrsula estaba endurecido y en su voz se percibía una nota de desaprobación.

Acercándose a Leonor con mirada severa, Úrsula dijo:
- "Sor Leonor, ¿ha olvidado los votos que hicimos? ¿La llamada a ser novias de Cristo?" le advirtió Úrsula con una voz mezclada con preocupación.

Leonor vaciló, atrapada entre las enseñanzas de Gabriel y los años de devoción que había dedicado al convento. El conflicto en su interior se agudizó cuando Úrsula, impulsada por la preocupación y la tradición, trató de llevarla de nuevo al trillado camino de la monjía.

- "Sor Leonor, estás entrando en terreno peligroso." - advirtió Úrsula. "Pensar en el matrimonio es desviarse del camino de la pureza y la devoción a Dios. Hemos elegido la vida de monja, dedicada únicamente al servicio de Dios, y eso es exactamente lo que seguiremos haciendo. En eso debemos centrarnos".

El corazón de Leonor se hundió, dividido entre la sabiduría de su familia en la fe y las profundas enseñanzas que había recibido de Gabriel. Le resultaba difícil encontrar las palabras adecuadas para expresar su confusión interior.

"Pero, Sor Úrsula", - comenzó Leonor, con voz entrecortada - "Gabriel habló de otro tipo de servicio, uno en el que el amor a Dios y el amor al prójimo coexisten y pueden fortalecer aún más nuestra devoción a Dios. El matrimonio, enraizado en un amor profundo, puede ser un poderoso medio para compartir el amor de Dios con los demás."

Una mezcla de ira y preocupación brilló en los ojos de Sor Úrsula.

- "No se deje engañar, Sor Leonor", le advirtió. "El mundo está lleno de distracciones y tentaciones. El camino de una monja es un camino de pureza y abnegación, una vida completamente consagrada a Dios. Con las palabras de este predicador, nos alejamos de nuestra santa vocación. No te desvíes".

El conflicto entre Leonor y Úrsula aumentó, sus voces se llenaron de tensión y desacuerdo. Leonor imploró a Úrsula que reflexionara sobre las enseñanzas de Gabriel y abriera su mente a la posibilidad de que el plan de Dios para sus vidas abarcara más de lo que habían comprendido hasta entonces.

Su discusión escaló a tal grado que llamó la atención de Gabriel, quien se acercó con mirada compasiva.

- "Hermanas, el amor de Dios es ilimitado. Se manifiesta de muchas formas, incluida la sagrada unión del matrimonio. No les digo que el dedicarse solo al Señor es un mal camino, sino que el matrimonio es otro camino para servirle". – aclaró Gabriel.

La tensión fue en aumento, alcanzando su cumbre cuando Úrsula se enfrentó al propio Gabriel.

- "Usted", - acusó Úrsula, señalando con un dedo tembloroso, - "ha sembrado semillas de duda en el corazón de Sor Leonor. El lugar de una monja está a los pies de Dios, no enredada en las complejidades del amor terrenal."

Gabriel, sereno ante la acusación de Úrsula, respondió: -"Hermana, el camino hacia Dios nos lleva a la salvación y al amor del Señor. El matrimonio también puede ser un viaje sagrado, un medio para profundizar en la conexión con lo divino. La Biblia habla del amor, y abarca tanto nuestro amor a Dios como el amor mutuo".

Se entabló un diálogo que reveló no sólo el choque de perspectivas, sino también la profundidad de las convicciones de cada personaje. Úrsula, reacia al cambio, se enfrenta a la posibilidad de que sus conocimientos sean limitados. Gabriel, aunque sabio, revela su debilidad al defender sus puntos de vista. Las monjas no se daban cuenta que la Madre Superiora observaba y escuchaba su charla desde dentro de la multitud.

Continuó Gabriel hablando con voz suave y llena de convicción;

- "Hermanas, recordemos que las enseñanzas de la Biblia no se limitan a una interpretación estricta, sino que son vivas y transformadoras. En su carta a los Corintios, el apóstol Pablo habla de los diversos dones y llamadas dentro del cuerpo de Cristo. Algunos son llamados a una vida de celibato y servicio dedicado; otros son llamados al matrimonio para servir tanto a Dios como al prójimo. El matrimonio, unido en un profundo amor a Dios, puede convertirse en un faro que ilumina el mundo con el amor de Dios, uniendo a un hombre y a una mujer. A través de esta conexión, las parejas son testigos del verdadero significado del compañerismo e inspiran a otros a buscar una conexión más profunda con Dios y entre sí."

Las palabras flotaron en el aire y su peso caló hondo en los corazones de Sor Leonor y Sor Úrsula. Poco a poco, la ira de Úrsula fue disminuyendo, sustituida por la reflexión y una pizca de curiosidad.

- "Tal vez haya más de lo que pensaba", - admitió Úrsula, su voz se suavizó, su curiosidad recién descubierta evidente.

- "Reverendo, reflexionaré sobre las palabras que has dicho y buscaré la guía divina en este asunto."

La Madre Superiora, que se había unido silenciosamente a la multitud, se detuvo frente a las monjas, hablando suavemente: - "Sor Leonor, Sor Úrsula".

- "¡Madre Superiora!", exclamó Úrsula, sorprendida de verla. La Madre Superiora continuó, "Reflexionemos sobre estas enseñanzas. Hay sabiduría en considerar todos los caminos de Dios".

- "Pero, Madre Superiora, tenemos una vocación al Señor..." dijo Úrsula, mientras la Madre Superiora la interrumpía, - "Nuestra vocación va de la mano de los propósitos de Dios. Por lo tanto, nuestros planes no siempre son los propósitos de nuestro Señor. Tenemos que dejar que Él guíe nuestros pasos hacia Sus propósitos."

Con eso, Úrsula bajó su cabeza, se dio la vuelta y se retiró con pasos pensativos hacia el monasterio. Leonor se quedó allí, viendo desaparecer a Úrsula, con el corazón henchido de gratitud y esperanza.

La Madre Superiora miró a Leonor a los ojos, le cogió las manos y le dijo con voz dulce.
- "Sol Leonor, está en tu corazón servir a Dios con toda tu alma. Pero a veces el Señor tiene otros planes para nosotras. Él quiere que le sirvas, pero tal vez no de la manera que tú deseas. Por lo tanto, habla con el Señor y pídele que te muestre Sus planes y propósitos para contigo. No tomes ninguna decisión, deja que el Señor la tome por ti y te muestre Sus planes".

Tan pronto dijo esas palabras, la madre superiora le dio un abrazo a Leonor y se marchó.

Gabriel puso una mano reconfortante en el hombro de Leonor.
- "Confía en la guía de Dios, Hermana Leonor. Sus caminos son misteriosos y a menudo van más allá de nuestra comprensión. Que Dios te dé la sabiduría y el discernimiento para navegar en este viaje de fe."

Leonor asintió, sus ojos brillaban con una nueva determinación. Guiada por los encuentros divinos y las enseñanzas de Gabriel, dio un paso hacia lo desconocido. Aunque su camino era incierto, sabía que su amor a Dios y su deseo de servirle serían su luz de guía.

Cuando el sol se puso sobre el pueblo de Santa-Clara, Leonor regresó al convento con el corazón hecho un torbellino de emociones. Su viaje acababa de comenzar y estaba ansiosa por descubrir las profundidades del plan de Dios para su vida. Su encuentro con Gabriel y los retos a los que se enfrentó con Sor Úrsula fueron sólo el comienzo de un viaje transformador que pondría a prueba su fe, fortalecería su determinación y, en última instancia, la conduciría a una comprensión más profunda del verdadero significado del servicio a Dios en el marco del matrimonio.

Al llegar al convento, en su habitación, encontró una nota de su hermano, misionero en tierras lejanas. La nota decía: 'Querida hermana, recuerda que nuestro servicio a Dios está marcado por el amor en todas sus formas. Confía en Su plan divino para ti'.

Las palabras de su hermano se hicieron eco de las enseñanzas de Gabriel y de las palabras de la Madre Superiora, proporcionándole consuelo y conmoviendo aún más su corazón. Leonor sabía que su viaje de comprensión no había hecho más que empezar. El camino que tenía por delante era incierto, pero estaba dispuesta a aceptar lo que Dios tenía planeado para ella.

Bajo el cielo iluminado por la luna, el convento permanecía en silencio. Leonor, con el espíritu despierto a nuevas posibilidades, se dio cuenta de que su búsqueda de comprensión estaba lejos de terminar. El viaje que tenía por delante prometía desafíos, pero también la posibilidad de un profundo crecimiento espiritual.

CAPÍTULO 2
Hilos de Susurros

El amanecer se asomaba sobre Santa-Clara, tiñendo el cielo de tonos rosados y dorados. En el convento, Sor Leonor se despertó inquieta, las palabras de Gabriel aún resonando en su mente. Había pasado la noche en un sueño intranquilo, su mente un torbellino de pensamientos y emociones conflictivas.

Se levantó de su estrecha cama, se vistió rápidamente y salió de su dormitorio, necesitando aire fresco para aclarar su mente confusa. Mientras caminaba por los silenciosos pasillos del convento, una voz familiar la sobresaltó. Era Sor Catalina; una joven y simpática monja, más o menos de su misma edad.

- "¿Y hacia dónde va mi hermanita? Si se puede saber", preguntó Sor Catalina con un tono pícaro en su voz.

Leonor se giró, sorprendida. - "Shhh", susurró, mirando nerviosamente a su alrededor, - "No quiero que Sor Úrsula nos escuche."

Catalina ríe, y exclama - "Entonces es verdad los rumores que escucho que hay una monjita en este convento que se está escapando por ahí, escuchando voces seductoras". Y comienza a reírse.

Leonor se sonrojó, pero no pudo evitar una pequeña sonrisa. "Acompáñame", dijo, tomando el brazo de Catalina. "Para que no parezca como que solo quiero ir a escuchar al predicador."

Mientras caminaban juntas hacia los jardines del convento, Catalina no pudo contener su curiosidad.

- "Cuéntame. ¿Cómo es él? ¿Qué cosas está diciendo que te tiene cautivada?"

Leonor suspiró, sus ojos brillando con una luz que Catalina nunca había visto antes.

- "Tienes que escucharlo, Catalina. Él habla de un modo diferente de servirle al Señor. De cómo puedes servirle a Dios, y a la misma vez tener una pareja a tu lado que te acompañe en el servicio al Señor."

- "¿No has pensado en la promesa que hiciste en ser solo la novia de Cristo?" – preguntó Catalina, su voz teñida de preocupación.

- "Si lo he pensado", respondió Leonor, su voz baja pero intensa. "Pero esto es algo poderoso dentro de mí. Cada vez que escucho al predicador Gabriel…"

"Oh, ella conoce el nombre del predicador", interrumpió Catalina con una risa.

Leonor también rió, y continúa hablando:

- "Todos conocen su nombre. Es que cada vez que habla, sus palabras me hacen ver las cosas diferentes".

- "¿Y es guapo el predicador?", preguntó Catalina, sus ojos brillando con picardía.

Leonor miró a su alrededor, asegurándose de que estaban solas, y luego susurró:

- "Es guapísimo." Ambas rieron, pero Leonor rápidamente añadió: - "Pero esa no es la razón por la cual lo escucho, sino por lo que predica. Él dice las cosas de una manera como yo nunca las había escuchado. No es que me sienta atraída por él, sino por lo que predica."

Catalina asintió, su expresión volviéndose más seria. "¿No será muy peligroso ponerle oído a un mensaje diferente?"

- "No", dijo Leonor con convicción halándola del brazo. "Ven conmigo y luego me dices qué piensas".

- "¿Ahora?", preguntó Catalina, sus ojos abriéndose con sorpresa.

- "No, mañana... Claro que ahora", contestó Leonor, tirando del brazo de su amiga. "Y rápido, antes que Sor Úrsula nos vea."

Las dos jóvenes monjas salieron apresuradamente del convento, sus risas silenciosas flotando en el aire de la mañana. Sin embargo, no se dieron cuenta de que la Madre Superiora las observaba desde una ventana cercana, su expresión una mezcla de preocupación y curiosidad.

Mientras tanto, en la plaza del pueblo, Gabriel ya estaba predicando a una multitud creciente. Su voz resonaba con pasión y convicción mientras hablaba del amor de Dios y del propósito de la existencia humana. Bajo la sombra de un extenso roble, Sor Leonor y Sor Catalina, cerca de la multitud, escuchaban al predicador, y se encontraban cautivadas por la carismática presencia y palabras de Gabriel. Su voz resonaba con convicción, tejiendo historias sobre el amor sin límites de Dios y el poder transformador de la fe.

Leonor y Catalina se unieron a la multitud, manteniéndose en la periferia. Leonor sintió que su corazón se aceleraba al ver a Gabriel, sus palabras tocando una cuerda profunda en su alma, despertando emociones reprimidas durante mucho tiempo dentro de los muros del convento.

La multitud, como una congregación movida por el espíritu, estaba pendiente de cada palabra de Gabriel. Sus sermones no eran meros discursos, sino viajes al corazón de la fe. Su voz, una cadencia de reverencia, resonaba en el aire, acercando a los congregados a los misterios divinos que desentrañaba.

Gabriel exhortaba:

- "El amor por la familia, los hijos y quienes nos rodean es un reflejo del amor que Dios tiene por nosotros. Nos llama a vivir en armonía, perdonando, sirviendo y amando sin condiciones. La familia es el primer lugar donde aprendemos a amar, y esa misma enseñanza debe extenderse a todos, mostrándoles el amor de Cristo a través de nuestras acciones. La Biblia nos recuerda en el libro de Colosenses, capitulo 3, versículo 14 'Y sobre todas estas cosas vestíos de amor, que es el vínculo perfecto'. El amor une, fortalece y nos ayuda a ser una bendición para los demás."

Cuando Gabriel concluyó su sermón, los aldeanos intercambiaron miradas de revelación y comprensión. Entre ellos, una joven madre abrazaba a su hijo, reflexionando sobre el mensaje del amor divino y sus implicaciones para su familia. Un anciano de la aldea, con los ojos llenos de lágrimas, susurró una oración de gratitud. Leonor y Catalina intercambiaron miradas llenas de asombro y admiración. Las palabras del predicador habían calado hondo en ellas, insuflando vida a sus caminos espirituales.

Sin embargo, la paz de la mañana se vio interrumpida por el sonido de las herraduras de caballos. El Duque Edmundo y sus hombres cabalgaban hacia la plaza, sus rostros severos y determinados.

- "¡Alto!", gritó el Duque, desmontando de su caballo. - "¿Otra vez usted, predicador? ¿No te advertí ayer sobre sembrar confusión en mi pueblo?"

Gabriel se mantuvo sereno ante la ira del Duque.

- "Señor Duque", dijo con calma, - "no estoy sembrando confusión, sino compartiendo la verdad del amor de Dios. ¿No es eso lo que todos buscamos?"

El Duque Edmundo se acercó a Gabriel, su mano en la empuñadura de su espada.

- "Tus palabras dulces no me engañan, predicador. Veo cómo miras a las mujeres del pueblo, cómo las confundes con tus ideas sobre el amor y el matrimonio."

Leonor sintió que se le helaba la sangre. ¿Acaso el Duque las había visto a ella y a Catalina?

Gabriel, sin embargo, no se inmutó.

- "El amor del que hablo, Duque Edmundo, es puro y santo. No busco confundir a nadie, sino iluminar el camino hacia una comprensión más profunda del plan de Dios para nuestras vidas."

El Duque resopló con desprecio.

- "¿Plan de Dios? El plan de Dios es claro: las monjas en sus conventos, los sacerdotes en sus iglesias, y el pueblo siguiendo las enseñanzas de la Santa Madre Iglesia. No necesitamos tus nuevas interpretaciones."

La tensión en la plaza era palpable. Los aldeanos murmuraban entre sí, algunos asintiendo con las palabras del Duque, otros mirando a Gabriel con admiración.

Fue entonces cuando Leonor, impulsada por una fuerza que no entendía completamente, dio un paso adelante.

- "Duque Edmundo", dijo, su voz temblando ligeramente pero firme, - "¿no nos enseña la Iglesia que debemos buscar la verdad? ¿No deberíamos al menos escuchar lo que este hombre tiene que decir antes de juzgarlo?"

El Duque se giró hacia ella, sus ojos brillando de ira.

- "¿Una monja? ¿Te atreves a cuestionar mi juicio?"

Gabriel intervino rápidamente.

- "La hermana tiene razón, Duque. La verdad no teme al qué dirán. Si mis palabras son falsas, verdaderamente nadie obedecería a ellas. Pero si son verdaderas, ¿no deberíamos todos beneficiarnos de ellas?"

El Duque Edmundo miró de Gabriel a Leonor y de vuelta, su rostro una máscara de conflicto. Finalmente, con un gruñido de frustración, dijo:

- "Tienes una semana, predicador. Una semana para demostrar que tus palabras no son veneno para este pueblo. Después de eso, si veo la más mínima señal de problemas, te echaré personalmente."

Con eso, el Duque montó su caballo y se alejó, dejando tras de sí un silencio tenso.

Gabriel se volvió hacia Leonor, sus ojos brillando con gratitud. - "Gracias, hermana. Tu valentía es un testimonio de la fuerza que Dios nos da cuando buscamos la verdad."

Leonor sintió que su corazón se aceleraba ante la mirada de Gabriel.

- "No fue nada", murmuró. "Solo dije lo que sentía que era correcto."

Mientras tanto, Catalina observaba la escena con una mezcla de admiración y preocupación. Sabía que las acciones de Leonor tendrían consecuencias, pero también podía ver el fuego de la convicción en los ojos de su amiga.

Leonor, con el corazón agitado, sintió una atracción magnética hacia el predicador. Sus emociones se arremolinaban como hojas atrapadas en una suave brisa: una mezcla de reverencia por las verdades divinas pronunciadas y una curiosidad recién descubierta que teñía su devoción. Las palabras de Gabriel despertaron en ella un anhelo, un deseo de comprender la inmensidad del amor de Dios más allá de los muros del convento. "Sus enseñanzas... desafían y a la vez reconfortan", pensó para sí misma, mientras su mente se llenaba de posibilidades.

Sor Catalina, aunque igualmente conmovida, mantenía un exterior sereno, pero sumida en sus pensamientos. Sus ojos, sin embargo, delataban un destello de incertidumbre, un diálogo silencioso entre la comodidad de la tradición y el encanto de la exploración espiritual. Su calma exterior ocultaba la lucha interna a la que se enfrentaba, equilibrando la comodidad familiar de la tradición con la intriga de la exploración espiritual.

A medida que la multitud se dispersaba, Leonor y Catalina se quedaron atrás, sus mentes llenas de nuevas preguntas y posibilidades. Lo que había comenzado como una simple curiosidad se estaba convirtiendo rápidamente en algo mucho más profundo y potencialmente peligroso.

Leonor se acercó a Gabriel, con el corazón latiéndole con una mezcla de inquietud y curiosidad.

- "Reverendo Gabriel", comenzó, con una voz mezcla de reverencia e indagación, "sus palabras me han conmovido profundamente. ¿me concede un momento de su tiempo?", preguntó, con la voz ligeramente temblorosa.

Gabriel mirándola con los ojos llenos de bondad le habló.

- "Por supuesto, hermana. ¿Qué es lo que te preocupa?"

- ¿Cómo podemos, como siervos de Dios, abrazar esta comprensión más amplia de Su amor sin perder nuestro camino?" – preguntó Leonor.

Los ojos de Gabriel, que reflejaban un pozo de sabiduría, se encontraron con los de Leonor.

- "Buscar la comprensión es un viaje de fe, Hermana Leonor. Es en la búsqueda del conocimiento donde se profundiza nuestra devoción".

Sor Catalina añadió, su voz impregnada de cautelosa curiosidad.

- "Pero Reverendo, en nuestros votos de servicio, ¿cómo equilibramos esta exploración con las responsabilidades de nuestra vocación?"

- "La verdadera devoción incluye el valor de cuestionar y la humildad de buscar." Respondió Gabriel. "Siempre hay dudas en nuestros corazones, y es por eso que debemos buscar la guía de Dios. Aprendemos lo que nos enseñan, pero cuando escuchamos algo diferente, tenemos que preguntar a nuestros superiores, y a Dios en oración, para encontrar una amplia respuesta a nuestras dudas."

Con la hermana Catalina a su lado, Leonor encontró el valor para decir la verdad de su corazón.

- "Sus palabras me han llegado al alma, Reverendo. Estoy llena del deseo de conocer más del amor de Dios, de comprender el propósito de nuestra devoción. Pero temo estar desviándome del camino de mi sagrado deber como monja".

Gabriel escuchó atentamente, su dulce mirada se encontró con los serios ojos de Leonor.

- "No temas, mi querida hermana. Buscar el conocimiento y la comprensión no es una traición a tu devoción, sino un testimonio de la profundidad de tu fe. El camino hacia el amor de Dios es amplio y diverso, y es a través de la exploración y el autodescubrimiento como nos acercamos más a Él."

Sor Catalina, siempre la voz de la razón, dio un paso al frente.

- "Reverendo, estamos obligadas por nuestros votos sagrados y la vocación de servir dentro de la abadía. Debemos ser cautelosas en nuestra búsqueda de entendimiento, asegurándonos de que se alinea con las enseñanzas de nuestra fe."

Gabriel asintió, con una expresión de respeto y comprensión.

- "Escucho sus preocupaciones, queridas hermanas. Emprendamos juntos este viaje, buscando la sabiduría y discerniendo la verdad que yace en nuestros corazones. Que nuestra devoción a Dios permanezca firme, incluso mientras exploramos las profundidades de Su amor".

Leonor, animada por las palabras de Gabriel, se aventuró más allá. - "Pero Reverendo, ¿cómo podemos estar seguros de que nuestra exploración no nos desviará del camino marcado por nuestros votos?".

Gabriel sonrió, con un brillo de sabiduría en los ojos.

- "La fe, hija mía, no es la ausencia de duda, sino el valor para afrontarla. Naveguemos juntos en este viaje, anclados por nuestro amor a Dios".

Su conversación fue escuchada por la Madre Superiora, que se había unido silenciosamente a la multitud.

- "Hermanas", intervino suavemente, "dejad que vuestros corazones se guíen por la sabiduría y la oración. Nuestra fe es un viaje, no un destino". Y con esas palabras se marchó.

En el fondo, los aldeanos murmuraban de acuerdo, con los rostros iluminados por la alegría del despertar espiritual. Entre ellos, un joven artesano comentó a su compañero: - "Esta conversación... es como una ventana a nuevas formas de entender nuestra fe".

Con una nueva determinación, Leonor, Catalina y Gabriel formaron un vínculo improbable, unidos en su búsqueda compartida de la iluminación espiritual. Juntos, navegarán por los intrincados caminos de la fe y la devoción, buscando respuestas y descubriendo el poder transformador del amor divino. Su vínculo, forjado en la búsqueda de la verdad divina, marcó el comienzo de un viaje que prometía iluminar los misterios de la fe y la inmensidad del amor de Dios.

Mientras regresaban al convento, no se dieron cuenta de que Sor Úrsula las observaba desde las sombras, sus ojos estrechos con sospecha y determinación. La batalla por el alma de Sor Leonor apenas había comenzado, y las consecuencias de este día resonarían en los días y semanas por venir.

CAPÍTULO 3
Hilos de Sombras veladas

En los días que siguieron al enfrentamiento en la plaza, un aire de tensión se había instalado en el pueblo. Los susurros y las miradas furtivas se habían vuelto comunes, especialmente cuando Sor Leonor pasaba cerca.

En el convento, Leonor se encontraba cada vez más inquieta. Las palabras de Gabriel habían plantado una semilla en su corazón, una que crecía con cada día que pasaba. Se descubría a sí misma buscando excusas para salir al pueblo, esperando captar un vistazo del carismático predicador o escuchar fragmentos de sus enseñanzas.

Una noche, incapaz de conciliar el sueño, Leonor se deslizó fuera de su dormitorio. Sus pasos la llevaron a una antigua y olvidada alcoba en lo profundo del convento, un lugar que había descubierto en sus años de exploración juvenil. Allí, a la luz parpadeante de una vela que había traído consigo, se encontró con Gabriel.

- "Hermana Leonor", susurró Gabriel, "Me alegra que hayas venido."

Leonor sintió que su corazón se aceleraba.
- "Reverendo Gabriel", respondió, luchando por mantener la compostura. "Tengo tantas preguntas..."

Gabriel sonrió suavemente. "El amor de Dios", dijo, acercándose a ella, "es como esta luz de las velas, ilumina los rincones más oscuros de nuestras almas, revelando verdades que tememos enfrentar".

Leonor se sintió atrapada entre el deseo de acercarse más y el impulso de huir.

- "Pero Reverendo", preguntó, su voz temblando ligeramente, "¿no hay peligro en alejarse demasiado del camino trazado por nuestra fe?"

La mirada de Gabriel era intensa, llena de una comprensión que parecía traspasar el alma de Leonor.

- "La verdadera fe", respondió, "no consiste en seguir ciegamente un camino, sino en encontrar el valor para explorar la inmensidad del amor de Dios".

Su conversación fue interrumpida por un ruido fuera de la alcoba. Leonor se tensó, el miedo a ser descubierta corriendo por sus venas. Pero no era más que un pequeño animal en los arbustos, un recordatorio del mundo que existía más allá de los muros del convento.

Mientras hablaban, Leonor se encontró luchando contra sus propios sentimientos. Las palabras de Gabriel resonaban en lo más profundo de su ser, pero al mismo tiempo, sentía el peso de sus votos, la familiaridad reconfortante de la vida que había conocido durante tanto tiempo.

A medida que profundizaban en los misterios de la fe, Leonor se enfrentaba al peso de sus decisiones. ¿Por qué se contenía, evitando entregarse por completo a las verdades que Gabriel ponía al descubierto? La respuesta persistía en los temores contenidos a las consecuencias, en la sombra amenazadora de Sor Úrsula y en las dudas susurradas que se enroscaban en torno a su devoción como la hiedra.

- "Gabriel", dijo finalmente, su voz apenas un susurro, "tus palabras me conmueven profundamente, pero tengo miedo. Miedo de lo que significan, miedo de las consecuencias..."

Gabriel se acercó, tomando la mano de Leonor entre las suyas.

- "El miedo, Leonor, es a menudo el primer paso hacia la comprensión. No te pido que abandones tu fe, sino que la explores más profundamente. Dios nos llama a cada uno de nosotros de manera única."

Mientras hablaban, cada palabra de Gabriel era como una llave que abría puertas en su alma que no sabía que existían.

Sin embargo, a pesar de la intensidad de sus sentimientos, Leonor se encontró reteniendo algo. No podía entregarse completamente a las ideas de Gabriel, no podía abandonar todo lo que había conocido. La abadía era su ancla, su hogar, y las palabras de Gabriel, aunque liberadoras, amenazaban con desestabilizar todo su mundo. Allí se despidió y fue a su cuarto.

Mientras tanto, Sor Úrsula caminaba por los pasillos, sus pasos silenciosos como los de un gato. Había notado los cambios en Leonor, las miradas distantes, las salidas frecuentes al pueblo, las conversaciones susurradas con Sor Catalina. Sus sospechas crecían con cada día que pasaba.

Finalmente, incapaz de contener su preocupación por más tiempo, Úrsula se enfrentó a Leonor en el pasillo, con un tono entre preocupado y acusador, con una intuición asombrosa, empezó a lanzar miradas vigilantes en dirección a Leonor. El ambiente se puso tenso, un choque de voluntades entre la firme guardiana de la tradición y la vacilante buscadora de una verdad más amplia.

- "Sor Leonor," la voz de Úrsula cortó el silencio como un cuchillo, "hay rumores de tus reuniones clandestinas. Debes cuidarte de ser llevada por mal camino. Las enseñanzas que buscas fuera de estos muros pueden ser una peligrosa distracción de nuestros sagrados deberes ¿Qué oscuridad buscas en compañía de ese predicador?"

La defensa de Leonor fue vacilante pero seria. Con el corazón acelerado, luchó por encontrar palabras que no traicionaran su confusión interior.

- "Hermana Úrsula, sólo busco profundizar en mi comprensión del amor de Dios. Las enseñanzas del reverendo Gabriel ofrecen una perspectiva que no había considerado. Creo que hay más en nuestra fe que lo que nos han enseñado. ¿Y si hay aspectos del amor de Dios que aún no hemos entendido?"

- "Nuestros votos son un compromiso con Dios, no un viaje de exploración caprichosa. Ten cuidado, Leonor, con los caminos que pisas. El camino de la devoción no es un camino errante. Es un camino recto y estrecho, y desviarse de él sólo conduce a la condenación". Respondió Sor Úrsula.

Leonor, un poco molesta, se retiró a su habitación, con la mente hecha un torbellino de dudas y preguntas. Con su mente dividida entre la lealtad y el anhelo de una verdad más amplia, sintió el peso de la condena de Úrsula. Ahora había más en juego, las consecuencias eran más palpables. ¿Su exploración de la fe la llevaría a la salvación o al peligroso límite de su vocación?

Mientras la luna se alzaba sobre Santa-Clara, Leonor se encontraba en su ventana, mirando hacia el pueblo. En algún lugar ahí abajo, Gabriel estaría preparándose para otro día de predicación. Y en algún lugar de su corazón, una batalla se libraba entre la seguridad de lo conocido y el atractivo de lo desconocido.

En la plaza del pueblo, el Duque Edmundo observaba desde las sombras mientras Gabriel hablaba a un pequeño grupo de aldeanos. Sus ojos brillaban con una mezcla de ira y fascinación. Aunque se negaba a admitirlo, las palabras del predicador habían comenzado a resonar en lo profundo de su ser, desafiando creencias que había mantenido durante toda su vida.

- "Tendré que vigilar a este predicador más de cerca", murmuró para sí mismo, alejándose en la noche. "Y a esa monja también. Hay más en juego aquí de lo que parece."

Mientras tanto, en la capilla del convento, la Madre Superiora se arrodillaba en oración, su corazón lleno de preocupación por Leonor y por la creciente división en su comunidad.

- "Señor", susurró, "danos la sabiduría para navegar estos tiempos turbulentos. Guía a Leonor, protege a nuestra comunidad, y que Tu voluntad se haga en todas las cosas."

En la cámara de decisiones, débilmente iluminada, Leonor se encontraba en la encrucijada, con el corazón resonando por el choque de la tradición y la ilustración. Las reuniones clandestinas, llevaban ahora el aroma del peligro, y las sombras de la abadía guardaban secretos que suplicaban ser desvelados.

Mientras Leonor navegaba por las aguas de sus luchas internas, las relaciones que la rodeaban se convertían en hilos de un tapiz de complejidad. Gabriel, un faro de iluminación, ofrecía un camino hacia un amor que trascendía las fronteras. Úrsula, fiel guardiana de la tradición, encarnaba la estabilidad de lo conocido. El choque de estas fuerzas, como la tormenta que precede a la tempestad, presagiaba revelaciones aún por llegar.

Mientras tanto, Leonor en su ventana, mirando el cielo iluminado por la luna. El silencio de la noche contrasta con la tormenta que se está gestando en su interior. El camino que elegiría, entre la comodidad de la tradición y el atractivo de una comprensión más amplia de la fe, estaba aún por determinar, y las consecuencias de su decisión se iban en el horizonte.

CAPÍTULO 4
Hilos de Ecos de la conciencia

Los días se convirtieron en semanas, y Santa-Clara se encontraba en un estado de agitación silenciosa. Las enseñanzas de Gabriel habían echado raíces en los corazones de muchos, pero también habían sembrado semillas de discordia. En ningún lugar era esto más evidente que en el alma atormentada de Sor Leonor.

Las reuniones clandestinas continuaron, cada encuentro una delicada danza de revelación y contención. En la alcoba poco iluminada, los ojos de Leonor reflejaban la vacilante llama de la vela mientras Gabriel hablaba de un Dios cuyo amor, como una sinfonía, armonizaba con las notas terrenales de la conexión humana. Cada encuentro en la alcoba tenuemente iluminada era una mezcla de revelación y cautelosa moderación. La vacilante luz de las velas se reflejaba en los ojos de Leonor, revelando una agitación que reflejaba la danza de las llamas.

Una noche particularmente cálida, Gabriel miró a Leonor con una intensidad que la hizo estremecer.

- "Siento un anhelo dentro de usted, Hermana Leonor", comentó Gabriel, su mirada penetrando a través de las sombras. "¿Qué le impide abrazar plenamente este viaje?".

Leonor vaciló, con las palabras atrapadas en lo más secreto de su corazón, su voz, apenas un susurro, transmitía su conflicto interior.

- "Estoy desgarrada, Reverendo. Es el peso de los votos, la vida que he conocido entre estos muros, y ahora los ojos vigilantes de la Hermana Úrsula. Temo las consecuencias de abrazar este nuevo entendimiento, de aventurarme demasiado lejos del camino que he conocido".

Los ojos de Gabriel se suavizaron, comprendiendo la lucha silenciosa, respondió con una serena seguridad.
- "La fe, hermana Leonor, es un viaje, no un destino. Es una odisea marcada por las pruebas. Es en el cuestionamiento y la búsqueda cuando comprendemos verdaderamente el amor de Dios. Los desafíos a los que nos enfrentamos son la vasija en el que se refina nuestra devoción. Abraza el viaje, y puede que encuentres tu alma desahogada".

Sin embargo, los pensamientos de Leonor resonaban con las advertencias de Úrsula, y el choque entre lealtad y exploración luchaba en su interior, era una lucha con su propia conciencia, resonando en su mente un recordatorio constante del camino que se había comprometido a seguir. La abadía, que una vez fue un santuario, un hermoso lugar de libertad, ahora se sentía como una fortaleza con muros que se cerraban.

En otra parte del convento, Sor Úrsula caminaba inquieta. Sus sospechas sobre Leonor crecían día a día, y estaba decidida a llegar al fondo del asunto. Con pasos silenciosos, se acercó a la celda de Leonor, solo para encontrarla vacía.

- "¿Dónde estás, Leonor?", murmuró, sus ojos estrechándose en la oscuridad.

Mientras tanto, en la alcoba, Leonor luchaba con sus emociones.
- "Gabriel", susurró, "tus palabras me conmueven profundamente, pero tengo miedo. Miedo de lo que significan, miedo de las consecuencias..."

Gabriel tomó suavemente las manos de Leonor entre las suyas.

- "El miedo, Leonor, es a menudo el primer paso hacia la comprensión. No te pido que abandones tu fe, sino que la explores más profundamente."

En ese momento, la puerta de la alcoba se abrió de golpe. Sor Úrsula estaba allí, su rostro una máscara de asombro e ira.
- "¡Sor Leonor! ¿Qué significa esto?"

Leonor se apartó de Gabriel, el pánico apoderándose de ella.
- "Sor Úrsula, yo... puedo explicarlo..."

Pero Úrsula ya se había dado la vuelta, sus pasos resonando en el pasillo mientras se apresuraba hacia la oficina de la Madre Superiora.

Gabriel puso una mano reconfortante en el hombro de Leonor.
- "No temas", dijo suavemente. "La verdad siempre encuentra su camino a la luz."

Al día siguiente, el convento estaba en estado de conmoción. La Madre Superiora convocó a una reunión de emergencia, con Leonor en el centro de la tormenta.

- "Sor Leonor", comenzó la Madre Superiora, su voz cargada de preocupación, "¿entiendes la gravedad de tus acciones?"

Leonor, con la cabeza gacha pero la voz firme, respondió: - "Madre, no he hecho nada malo. Solo busco comprender más profundamente el amor de Dios."

Sor Úrsula intervino, su voz cortante. - "¡Blasfemia! Este predicador ha envenenado tu mente con ideas heréticas."

La discusión se calentó, con otras hermanas tomando partido. Algunas defendían a Leonor, argumentando que la búsqueda de la verdad no podía ser un pecado. Otras apoyaban a Úrsula, temiendo que las nuevas ideas amenazaran los cimientos de su fe.

En medio del caos, la puerta de la sala se abrió de golpe. Era el Duque Edmundo, su rostro rojo de ira.
- "¡He oído suficiente!", gritó. "Este predicador ha ido demasiado lejos. No solo confunde a los aldeanos, sino que ahora corrompe a nuestras monjas. ¡Debe ser detenido!"

La Madre Superiora intentó calmar la situación.
- "Duque Edmundo, por favor. Esta es una cuestión interna de la Iglesia."

Pero el Duque no se aplacó.
- "Esto va más allá de la Iglesia. Es una cuestión de orden público. Si este Gabriel no se va voluntariamente, lo echaré por la fuerza."

Leonor, reuniendo todo su coraje, se puso de pie.
- "¡No!", exclamó. "Las enseñanzas de Gabriel no son una amenaza. Nos están ayudando a comprender mejor el amor de Dios. ¿No es eso lo que todos buscamos?"

El silencio cayó sobre la sala. Todos los ojos estaban fijos en Leonor, algunos con admiración, otros con horror.

Finalmente, la Madre Superiora habló.

- "Leonor, tu pasión es evidente. Pero debemos considerar cuidadosamente las implicaciones de estas nuevas enseñanzas. Te pido que te recluyas en tu celda por los próximos días, en oración y reflexión."

Leonor asintió, sabiendo que no tenía otra opción. Mientras salía de la sala, sintió el peso de las miradas sobre ella. Sabía que las decisiones que tomara en los próximos días no solo afectarían su vida, sino potencialmente el futuro de toda Santa-Clara.

Esa noche, mientras Leonor oraba en su celda, Gabriel se enfrentaba a su propia crisis. En la pequeña habitación que había alquilado en el pueblo, se arrodilló ante una cruz simple.
- "Señor", oró, su voz quebrada por la emoción, "dame la fuerza para seguir Tu camino. Si mis enseñanzas son verdaderas, protégelas. Si estoy equivocado, muéstrame el camino correcto."

Mientras tanto, en su mansión, el Duque Edmundo miraba por la ventana hacia el pueblo dormido. Su mente estaba llena de conflicto. Las palabras de Gabriel, aunque desafiantes, habían tocado algo en lo profundo de su alma. "¿Y si hay más en esta fe de lo que siempre he creído?", se preguntó en voz baja.

A medida que la noche avanzaba, una sensación de cambio inminente se cernía sobre Santa-Clara. Las decisiones tomadas en los próximos días determinarían el curso de muchas vidas, y nadie estaba seguro de hacia dónde los llevaría este camino.

Se avecinaba un enfrentamiento, y Leonor, atrapada en el fuego cruzado de la tradición y la revelación, sintió que la tensión se tensaba cada vez más.

Una tarde, mientras la luna proyectaba su resplandor sobre el patio, Úrsula se acercó a Leonor con mirada severa.
- "Sor Leonor, los rumores persisten. ¿Estás pisando el peligroso camino de la duda? Ten cuidado con el camino que pisas."

Leonor, con el corazón agitado por la inquietud, se encontró con la mirada de Úrsula con una apariencia de resolución.

- "Hermana Úrsula, hay cosas que aún no conocemos, de las que nunca nos han hablado. Mi búsqueda es una comprensión más profunda, no una rebelión. ¿No es posible que nuestra fe sea lo suficientemente amplia como para abarcar nuevas perspectivas?"

Los ojos de Úrsula se entrecerraron, con el destello de una tormenta gestándose en su interior.

- "Nuestra fe es un faro, inquebrantable y verdadero. No te dejes atraer por el canto de sirena de la incertidumbre. La fe no crece con la duda. Florece en el compromiso inquebrantable con el camino que tenemos ante nosotros. Ten cuidado, Sor Leonor, no sea que te pierdas en las sombras".

- "Sor Úrsula, yo entiendo su preocupación, pero debe usted entender que no todos los caminos son de sombras. Al contrario, aunque sabemos que hay caminos que parecen buenos pero su final es de perdición, también hay caminos que llevan a la felicidad y al gozo del Señor. Tenemos que tener un corazón abierto, aunque cauteloso, para poder entender cuáles son los verdaderos propósitos de Dios para con nosotras."

- "Solo le digo que tenga cuidado. Porque puede ser que el Señor la tiene en el camino correcto, pero cuando usted mira al predicador sus ojos quieren seguir por el camino que él le presenta. No permita que su mirada, su voz, sus palabras, ni sus gestos la hagan desviarse del camino correcto."

- "Oro todos los días, para que el Señor me muestre el camino correcto. ¿Y sabe qué?, cada vez que leo la biblia veo más claro el camino del que me habla el Reverendo Gabriel."

- "Solo le digo." – le dijo Úrsula mientras le daba la espalda y se marchaba.

Cuando Úrsula se marchó, dejando a Leonor de pie en el patio iluminado por la luna, el peso de sus decisiones se asentó sobre sus hombros. El choque entre lealtad y exploración, tradición e ilustración, reverberaba en cada uno de sus pasos. Atrapada entre la familiaridad de sus votos y el atractivo de nuevas perspectivas, se sintió como si caminara por la cuerda floja sobre un abismo.

En su siguiente reunión secreta, Leonor compartió sus ansiedades con Gabriel. Leonor, su voz como un susurro en la penumbra, confió:
- "Sor Úrsula sospecha de nuestras reuniones. Temo las consecuencias de esta rebelión silenciosa."

Gabriel, entendiendo por lo que Leonor estaba pasando, le habló con empatía.
- "No tema, Hermana Leonor. El camino hacia la iluminación está lleno de desafíos. Los desafíos, Hermana Leonor, no son más que peldaños en el camino hacia el despertar espiritual. Mantente firme en tu búsqueda. Tu devoción, aunque puesta a prueba, puede nacer más fuerte al otro lado. Solo deja que sea el Señor quien te dirija."

En los salones sagrados de la abadía, donde los ecos de las oraciones perduraban como himnos, Leonor reflexionaba sobre sus decisiones. Las reuniones clandestinas reflejaban ahora la complejidad de su viaje. Lo que estaba en juego era más importante, las consecuencias más profundas. Se dio cuenta de que su viaje con Gabriel, antes fuente de iluminación tenía ahora el potencial de una profunda transformación o de un peligroso descenso.

A medida que se desarrollaba la lucha interna de Leonor, las relaciones a su alrededor se convertían en una sinfonía de notas contradictorias.

Las enseñanzas de Gabriel ofrecían una melodía de liberación, mientras que las advertencias de Úrsula resonaban como un estribillo severo.

Gabriel, una levadura del cambio, había introducido una melodía discordante en la sinfonía de su vida. Úrsula, que antes era de mentora y discípula, se había convertido en una compleja interacción de defensa y desafío.

En los silenciosos espacios entre las oraciones, Leonor se encontraba en el precipicio de la elección, su corazón era un campo de batalla donde los ecos de la conciencia destellaban a través del sagrado silencio de la abadía.

CAPÍTULO 5
Hilos de Secretos del corazón

El amanecer se alzaba sobre Santa-Clara, bañando el pueblo con una luz dorada que diferenciaba con la tormenta emocional que se agitaba en su interior. Bajo el viejo roble que había sido testigo de tantos encuentros, Leonor, Sor Catalina y Gabriel se reunieron una vez más, desafiando las prohibiciones y arriesgándose a ser descubiertos.

Continuaban con sus diálogos espirituales. Entablaban conversaciones sinceras que sondeaban las profundidades de sus almas. Las hojas del viejo roble susurraban como si susurraran los secretos de Dios.

El rostro de Leonor estaba pálido por las noches de insomnio y la tensión de los últimos días. Sor Catalina, aunque visiblemente preocupada, se mantenía firme junto a su amiga. Gabriel, por su parte, parecía llevar el peso del mundo sobre sus hombros.

- "Hermanas", comenzó Gabriel, su voz cargada de emoción, "los eventos recientes han puesto a prueba nuestra fe de maneras que nunca imaginamos. Pero debemos recordar que es en estos momentos de prueba cuando nuestro amor por Dios se fortalece más."

Leonor asintió, sus ojos brillando con una mezcla de miedo y determinación.

- "Pero Gabriel", dijo en voz baja, "¿cómo podemos estar seguros de que este camino es el correcto? Las consecuencias de nuestras acciones podrían ser devastadoras."

Sor Catalina, que hasta ahora había permanecido en silencio, habló.

- "He estado observando, escuchando, rezando", dijo, su voz suave pero firme. "Y aunque al principio tenía mis dudas, ahora veo la verdad en las palabras de Gabriel. El amor de Dios es más grande de lo que nos han enseñado."

Gabriel sonrió con gratitud a Catalina antes de volverse hacia Leonor.

- "El amor verdadero, Leonor, sea por Dios o por otro ser humano, nunca nos aleja de nuestro camino espiritual. Al contrario, nos acerca más a la esencia divina."

Sor Catalina, aunque inicialmente cautelosa, se sintió cada vez más atraída por la profundidad de las ideas de Gabriel y su capacidad para dilucidar los misterios del amor de Dios. Sus interpretaciones de las Escrituras resonaban en ella, arrojando luz sobre la naturaleza expansiva del amor divino. Encontró consuelo en su inquebrantable compromiso con las verdades bíblicas y en su genuina compasión por su camino espiritual.

También Leonor sintió una llama creciente en su interior, encendida por las enseñanzas de Gabriel. Sus palabras, como un faro, la guiaron hacia una comprensión más profunda de su fe, revelándole un camino en el que el amor humano y la devoción divina se entrelazaban armoniosamente. Sus palabras iluminaban el camino hacia una conexión más profunda con Dios. A través de sus conversaciones, Leonor descubrió una nueva perspectiva de su devoción como monja, que abarcaba las complejidades del amor humano sin renunciar a su amor por Dios.

Sus conversaciones bajo el roble se convirtieron en un santuario de iluminación. A medida que profundizaban en las Escrituras, el trío descubría el delicado equilibrio entre el amor terrenal y el compromiso celestial, y su fe se revitalizaba con cada revelación.

Sin embargo, Leonor lidiaba con una emoción incipiente, un suave eco en su corazón cada vez que miraba a Gabriel. Este sentimiento, nuevo e inexplorado, traía consigo un torbellino de confusión y culpabilidad.

- "Reverendo Gabriel", - dijo Leonor, "usted nos habla de un amor diferente al que nosotras hablamos en el convento. El amor que hablamos es el del Señor, y de la forma que debemos servirle para demostrarle nuestro amor. Usted habla, más bien, del amor fraternal, el amor de pareja, un amor del cual nosotras no escuchamos hablar en la abadía. Pero yo le pregunto, si usted habla de ese amor de pareja, y de lo hermoso que es cuando ambos le sirven juntos al Señor, ¿Por qué usted no tiene una pareja?"

- "Sor Leonor", interrumpió Catalina – "es una falta de respeto su pregunta."

- "Hermana estoy buscando respuestas a mis dudas, y esa es una de ellas." Mirando a Gabriel, "Discúlpeme Reverendo, pero usted debe entender que tengo un mundo de preguntas y preocupaciones bailando en mi cabeza. Y no puedo entender que me hable del amor de Dios y el de pareja, y usted mismo no tiene una, a menos que ella esté por otro lugar."

- "No se preocupe hermana Leonor, yo la entiendo perfectamente. Le digo más, me ha extrañado mucho el que usted no me haya preguntado eso antes."

- "No sabía cómo preguntarle, me causaba temor a la respuesta que me fuera a dar."

- "Entiendo. Pues, le diré que no tengo pareja. No porque no quiera, sino porque todavía el Señor no me ha mostrado la ideal. Le he pedido al Señor por una mujer que, más que una pareja, sea mi confidente, mi amiga, mi compañera en todos los viajes, que junto a mi prediquemos el evangelio de Cristo, y más que todo, que sea una mujer que ame más a Dios que a mí mismo. Y todavía el Señor no me la ha presentado, o tal vez la he visto, pero no sé si esa es la persona ideal."

- "¿Usted cree haberla visto?, preguntó Leonor.

- "No sé. No me apresuro al camino. Todo lo dejo en las manos del Señor, porque lo que Él da, lo da bueno."

- "Muchas gracias. Acaba de enseñarme algo más que nunca había escuchado."

Así continuaron hablando. Juntos exploraron las Escrituras, examinando pasajes que arrojan luz sobre la naturaleza del amor y la devoción. Sus debates despertaron una renovada pasión por su fe, al descubrir la armonía inherente entre el amor a Dios y el amor a los demás seres humanos.

A medida que su vínculo se estrechaba, Leonor experimentaba emociones que nunca antes había sentido. Un sutil anhelo, un suave tirón del corazón, florecía en su interior cada vez que Gabriel estaba cerca. Luchaba con emociones contradictorias, dividida entre su amor a Dios y su nuevo afecto por el predicador.

Mientras hablaban, no se percataron de una figura que los observaba desde la distancia. El Duque Edmundo, oculto tras un grupo de árboles, escuchaba cada palabra con una mezcla de fascinación y conflicto interno.

De repente, un crujido de ramas alertó al trío. Se giraron alarmados, solo para ver al Duque Edmundo emergiendo de su escondite.

- "Así que aquí es donde se reúnen", dijo el Duque, su voz más cansada que acusadora. "He estado siguiéndolos, escuchando sus conversaciones. Y debo admitir, predicador, que sus palabras han penetrado más profundamente de lo que quisiera admitir."

Gabriel dio un paso al frente, protector.

- "Duque Edmundo, no buscamos causar problemas. Solo queremos entender y compartir el amor de Dios en toda su plenitud."

El Duque miró a cada uno de ellos, su rostro una máscara de emociones en conflicto.

- "Toda mi vida he creído en un Dios de reglas y castigos", dijo finalmente. "Pero sus palabras sobre un Dios de amor incondicional... me perturban y me atraen al mismo tiempo."

Leonor, reuniendo todo su coraje, se acercó al Duque.

-"Señor", dijo suavemente, "todos estamos en un viaje de descubrimiento. Quizás, en lugar de luchar contra estas nuevas ideas, podríamos explorarlas juntos."

El Duque Edmundo la miró largamente, como si la viera por primera vez. Luego, para sorpresa de todos, asintió lentamente.

- "Quizás... quizás tengas razón, hermana. He pasado demasiado tiempo juzgando y muy poco tiempo escuchando."

Este momento de entendimiento fue interrumpido por el sonido de pasos apresurados. Sor Úrsula apareció, jadeando y con los ojos llenos de furia.

- "¡Aquí están!", exclamó. "Duque Edmundo, ¿ve ahora la magnitud de esta herejía? Incluso nuestras propias hermanas han sido corrompidas."

Pero antes de que el Duque pudiera responder, otra voz se unió a la confrontación. Era la Madre Superiora, que había seguido a Úrsula.

- "Basta", dijo con autoridad. "He observado y escuchado lo suficiente. Esta división entre nosotros no puede continuar."

Todos guardaron silencio, esperando el juicio de la Madre Superiora. Ella miró a cada uno de los presentes, sus ojos llenos de sabiduría y comprensión.

- "Gabriel", dijo finalmente, "tus enseñanzas han traído tanto luz como confusión a nuestra comunidad. Leonor, tu búsqueda de la verdad es admirable, pero ha causado gran preocupación. Sor Úrsula, tu celo por proteger nuestras tradiciones es comprensible, pero no debemos temer al crecimiento y al cambio."

La Madre Superiora hizo una pausa, mirando al cielo como buscando inspiración divina.

- "A partir de hoy", continuó, "abriremos nuestros corazones y mentes a estas nuevas ideas. No para abandonar nuestra fe, sino para profundizarla. Gabriel, te invito a compartir tus enseñanzas abiertamente en el convento. Leonor, continuarás con tus votos, pero tendrás libertad para explorar este nuevo entendimiento del amor de Dios."

Sor Úrsula parecía a punto de protestar, pero la Madre Superiora levantó una mano para detenerla.

- "Y tú, Sor Úrsula, te pido que abras tu corazón. La fe verdadera no teme a las preguntas; las abraza."

El Duque Edmundo, que había escuchado todo en silencio, dio un paso adelante.

- "Madre Superiora", dijo con voz solemne, "su sabiduría me avergüenza. He sido terco y cerrado de mente. A partir de hoy, Gabriel tendrá mi protección y apoyo para predicar libremente en Santa-Clara."

Un suspiro colectivo de alivio y asombro recorrió al grupo. Leonor sintió que un peso enorme se levantaba de sus hombros. Miró a Gabriel, y por primera vez en semanas, sonrió sin reservas.

Dichas todas esas palabras, uno a uno comenzó a marcharse.

Tan pronto Gabriel se marchó, Leonor y Catalina se preparaban para irse a la abadía.

Presintiendo la agitación interior de Leonor, la hermana Catalina observó las luchas de su amiga. Con compasión y sabiduría, se acercó a Leonor una tarde, sus pasos resonando en los pasillos enclaustrados de la abadía.

- "Leonor, mi querida hermana, siento una guerra en tu corazón. Habla conmigo. Comparte tus miedos y esperanzas. Tu corazón parece preocupado. ¿Qué te agobia tanto?"

Las lágrimas brotaron de los ojos de Leonor mientras confesaba:

- "Hermana Catalina, siempre he creído que mi corazón estaba dedicado únicamente a Dios, que mi devoción a Él sería inquebrantable. Pero en presencia de Gabriel, mi corazón se agita de un modo que no puedo comprender, me encuentro cuestionándolo todo. Temo estar traicionando mis sagrados votos."

- "Hermanita querida..." – dijo Catalina cuando fue interrumpida por Leonor.

- "Dígame la verdad hermana", dijo Leonor - "¿Estoy traicionando mis votos, o estoy descubriendo una nueva faceta del amor de Dios?"

La Hermana Catalina abrazó a Leonor, sosteniéndola suavemente, con sus ojos reflejando la luz de la luna, ofreció consuelo.

- "Leonor, nuestros corazones son vasijas del amor de Dios, capaces de profundas profundidades, son vastos y capaces de albergar un gran amor tanto por Dios como por la humanidad. Quizás la presencia de Gabriel está revelando un camino de amor que complementa, no contradice, tu devoción. Su presencia en tu vida ha encendido una llama en tu interior, una llama que puede guiarte hacia una comprensión más profunda del amor divino. No temas las conmociones de tu corazón; en lugar de eso, ofrécelas a Dios en oración y busca su guía."

- "Hay algo tan fuerte dentro de mí." – dijo Leonor.

- "Recuerda que a pesar de que sus palabras provienen de la palabra de Dios, sus pensamientos son diferentes al de nosotras. Él es evangélico, y nosotras católicas…

Creemos en cosas diferentes. ¿No sientes temor por eso?"

- "El único temor que siento es el de no hacer la voluntad de Dios. Tal vez esas sean las situaciones que podemos hablar con él. Saber por qué, si tenemos una biblia con las mismas palabras, no creemos en muchas cosas de igual manera. Tal vez aprendamos mucho más de la palabra de lo que nos han enseñado."

- "Tal vez tienes razón. Oremos al Señor. Estoy segura que Él nos guiará."

Leonor se aferró a su amiga, encontrando consuelo en sus palabras. Juntas, se arrodillaron en oración, ofreciendo sus esperanzas y temores a Dios, buscando claridad y fuerza para navegar por ese camino de dudas y preocupaciones. Sus oraciones eran un tapiz de esperanza, miedo y búsqueda, una súplica de guía en el laberinto de sus corazones.

Ya cuando la luz de la luna había cubierto los jardines de la abadía, allí se encontraba Leonor contemplando el roble a través de la ventana de la capilla, cuyas ramas se mecen con la brisa nocturna.

El cielo iluminaba el viejo roble y al grupo reunido bajo él, una sensación de esperanza y posibilidades se extendió por Santa-Clara. El camino por delante aún sería desafiante, lleno de preguntas y descubrimientos, pero ahora lo recorrerían juntos, unidos en su búsqueda de un entendimiento más profundo del amor divino.

En las sombras de la abadía, Úrsula observaba desde lejos, con creciente preocupación. El viaje de Leonor la estaba llevando a territorios inexplorados del corazón, y las consecuencias de estas exploraciones aún estaban por revelarse.

CAPÍTULO 6
Hilos de Susurros interiores

Los días siguientes en Santa-Clara fueron de cambio y adaptación. El convento, una vez un bastión de tradición inmutable, ahora zumbaba con nuevas ideas y discusiones animadas. Gabriel había comenzado a dar charlas regulares, atrayendo no solo a las monjas, sino también a muchos aldeanos curiosos.

El corazón de Leonor se sentía oprimido por el peso de sus emociones mientras recorría los silenciosos pasillos de la abadía. Cada paso era un eco de su lucha interna, dividida entre su devoción a Dios y el creciente afecto que sentía por Gabriel.

En la soledad de su dormitorio, Leonor buscaba consuelo en la oración, desahogando ante Dios sus pensamientos y deseos conflictivos. Anhelaba claridad, una señal que la guiara por el camino correcto, un faro en medio de la tormenta de sus emociones. Se encontraba en el centro de esta transformación, su corazón dividido entre la emoción del descubrimiento espiritual y la inquietud de los cambios rápidos.

Mientras tanto, en la aldea de Santa-Clara, un humilde y joven viudo llamado Tomás, un hábil carpintero con un corazón lleno de bondad, se sintió atraído por las enseñanzas de Gabriel. Había sufrido sus propias penas y pérdidas, y buscaba consuelo en las palabras del predicador. Tomás era un hombre de profunda fe, conocido por su actitud amable y su disposición a echar una mano.

Una tarde, mientras Leonor caminaba hacia el pueblo para comprar provisiones para la abadía, su camino se encontró con el de Tomás, quien, al reconocerla como una de las monjas del convento, la saludó con una cálida sonrisa.

- "Hermana Leonor, es un placer verla fuera de los muros de la abadía", dijo Tomás, con una voz llena de auténtica calidez.

Leonor le devolvió la sonrisa, apreciando la amable presencia de Tomás.

- "Buenas tardes, Tomás. ¿Cómo has estado? qué sorpresa. ¿Qué te trae por aquí?"

- "He venido a ayudar con algunas reparaciones en el convento", respondió él. "Pero también... encuentro consuelo en las palabras del predicador Gabriel. Sus enseñanzas me recuerdan la importancia de la fe y el amor perdurable de Dios, especialmente en tiempos de prueba y pérdida."

Leonor asintió, comprendiendo profundamente.

- "Sus palabras han sido una revelación para mí también", admitió. "Pero Tomás, a veces me pregunto... ¿estamos yendo demasiado lejos? ¿Estamos perdiendo de vista nuestras tradiciones en nuestra búsqueda de este nuevo entendimiento?"

Tomás, apoyado en su carro de mercancías artesanales, respondió:
- "Hermana Leonor, las enseñanzas de Gabriel nos recuerdan que el amor de Dios teje todos los aspectos

de nuestra vida, incluso en los momentos de dolor. Creo que el amor de Dios es lo suficientemente grande como para abarcar tanto lo viejo como lo nuevo. No estamos abandonando nuestra fe, sino profundizándola."

El corazón de Leonor se alegró al escuchar las palabras de Tomás. Vio en él un alma gemela, alguien que comprendía la complejidad de las emociones humanas y el poder de la fe para curar las almas heridas.

Los dos conversaron esa tarde, sus palabras fluyeron libremente mientras exploraban los temas entrelazados del amor, la fe y el poder transformador de la gracia de Dios. El intercambio de palabras sirvió de consuelo para ambos, recordándoles que las luchas a las que se enfrentaban eran compartidas por muchos.

Su diálogo, enriquecido por la comprensión mutua, se convirtió en un bálsamo tranquilizador para el inquieto espíritu de Leonor. La perspectiva de Tomás, basada en una fe humilde, ofrecía una nueva perspectiva a través de la cual ella veía sus propias luchas.

A medida que los días se convertían en semanas, Leonor buscaba consuelo y sabiduría no sólo en Gabriel y Sor Catalina, sino también en Tomás; sus caminos se cruzaban con más frecuencia. Su humilde sabiduría y su corazón compasivo le ofrecieron una perspectiva diferente, ayudándola a navegar por el intrincado tapiz de sus emociones. Sus conversaciones, a menudo bajo la luz de la luna, se convirtieron en un santuario donde podía expresar sus dudas y temores.

En el corazón de la aldea, Gabriel, el predicador cuyas palabras conmovían los corazones, observaba el desarrollo de la relación entre Leonor y Tomás con una mezcla de comprensión y dolor. Sus enseñanzas, destinadas a iluminar el camino hacia el amor de Dios, se habían convertido en un espejo que reflejaba las complejidades de los corazones humanos.

Una tarde, después de una de sus charlas, se acercó a Leonor.

- "Hermana", dijo suavemente, "he notado que pasas mucho tiempo con Tomás últimamente."

Leonor sintió que se sonrojaba.

- "Sí, encuentro que sus perspectivas son... esclarecedoras."

Gabriel asintió, su expresión indescifrable.

- "El amor, Leonor, tiene muchas facetas. A veces, lo que comenzamos buscando en lo divino, lo encontramos reflejado en lo humano."

Estas palabras resonaron en Leonor, despertando emociones que no sabía que tenía. ¿Era posible que sus sentimientos por Tomás fueran más que una simple amistad?

Esa noche, incapaz de dormir, Leonor salió al jardín del convento. Para su sorpresa, se encontró con Sor Catalina, que parecía igualmente agitada.

- "Leonor", dijo Catalina en voz baja, "¿puedo hablar contigo?"

- "Por supuesto", respondió Leonor, notando la preocupación en los ojos de su amiga.

- "He estado observando", comenzó Catalina, "y creo... creo que estás desarrollando sentimientos por Tomás."

Leonor sintió que su corazón se aceleraba.

- "Yo... no estoy segura de lo que siento, Catalina. Todo es tan confuso."

Catalina tomó las manos de Leonor entre las suyas.

- "Mi querida amiga, el amor es un regalo de Dios, sea cual sea su forma. Pero debes ser cuidadosa. Tus votos..."

- "Lo sé", interrumpió Leonor, con lágrimas en los ojos. "¿Cómo puedo reconciliar estos sentimientos con mi dedicación a Dios?"

- "Tal vez", sugirió Catalina suavemente, "no tengas que elegir. Tal vez lo que estás sintiendo por Tomás es otra forma de experimentar el amor de Dios."

Mientras las dos amigas hablaban, no se dieron cuenta de que Sor Úrsula las observaba desde las sombras, su rostro una máscara de preocupación y determinación.

Al día siguiente, Úrsula se acercó a la Madre Superiora.

- "Madre", dijo con urgencia, "temo que Sor Leonor esté perdiendo su camino. Sus sentimientos por el carpintero Tomás están nublando su juicio. Ahora no sabemos si es Gabriel o es Tomás"

- "Sor Úrsula", respondió la Madre Superiora, "el corazón humano es complejo, y los caminos de Dios son misteriosos. No nos corresponde a nosotros juzgar el viaje espiritual de Leonor."

Mientras tanto, el Duque Edmundo, que había estado observando los cambios en el pueblo con creciente interés, decidió hablar con Gabriel en privado.

- "Predicador", dijo el Duque, su voz cargada de emoción, "tus palabras han despertado algo en mí que creía muerto hace mucho tiempo. Pero veo los desafíos que enfrentan Leonor y otros. ¿Cómo podemos estar seguros de que este nuevo entendimiento del amor de Dios no nos llevará al caos?"

Gabriel sonrió suavemente.

- "Duque Edmundo, el amor verdadero, sea por Dios o por otro ser humano, nunca conduce al caos. Puede desafiar nuestras nociones preconcebidas, puede sacudirnos hasta la médula, pero al final, nos acerca más a la esencia divina."

Mientras el sol se ponía sobre Santa-Clara, Leonor se encontraba una vez más en su ventana, su corazón un torbellino de emociones. Miró hacia el pueblo, donde sabía que Tomás estaría trabajando en su taller. Luego miró hacia la plaza donde Gabriel predicaría. Y luego miró hacia la capilla, donde la cruz se alzaba contra el cielo del atardecer.

"Señor", susurró, "guíame. Muéstrame cómo puedo amar tanto a Ti como a los demás sin traicionar mi vocación."

En los momentos de soledad, Gabriel luchó con las implicaciones del afecto de Leonor. Como predicador, había encendido chispas de despertar espiritual, pero ahora contemplaba las ondas imprevistas de esas chispas. Entre sermones y oraciones, Gabriel lidiaba con los ecos de los afectos de Leonor. El predicador del amor sin límites de Dios se vio envuelto en los intrincados hilos de las relaciones humanas.

El pueblo, telón de fondo de sus enseñanzas, era ahora testigo de un sermón diferente, escrito en las sutiles miradas y conversaciones compartidas de dos almas que atravesaban el delicado terreno entre la amistad y algo más profundo.

Mientras Leonor confiaba a Sor Catalina su creciente conexión con Tomás, Gabriel, en el santuario de sus pensamientos, buscaba consuelo en la oración. "Señor, concédeme la sabiduría para guiar estos corazones, para iluminar el camino hacia Tu amor incluso en medio del laberinto de las emociones humanas".

Sor Catalina, buscando la forma de ayudar y dar el consuelo a Leonor, se sumerge en su mente para que sea Leonor quien busque la verdad en su corazón. Ambas se encuentran en el pasillo de la abadía.

- "Mi querida hermana Leonor. ¿Siguen tus dudas en tus pensamientos hacia Tomás y Gabriel?"

- "Es que hay algo que nos une en la comprensión" dijo Leonor – "Tomás tuvo su pareja, y sabe lo que es verdaderamente el amor en pareja, y lo que conlleva el servirle a Dios en unión. Muy distinto a Gabriel, que, aunque te muestra las palabras del Señor tal y como están escrita, nunca ha pasado la experiencia de vivir en una unión matrimonial, por lo que nunca podrá hablarlo de la misma forma que lo haría Tomás."

- "No solo eso", - interrumpió Catalina, "Tomás y tu llevan la misma creencia en su corazón."

- "¿Y qué tal si Gabriel es el que Dios ha puesto en mi camino?" - preguntó Leonor. –"Gabriel también lleva la misma creencia bíblica que yo."

- "Sí, pero yo me refiero a la religión." - aclaró Catalina – "Tomás y tú piensan igual, y tienen las mismas costumbres y tradiciones. Entiendo que el predicador tiene un gran corazón, pero no acepta algunas de nuestras costumbres. Por otro lado, Tomás también tiene un buen corazón, pero acepta y vive nuestras costumbres. Y es a eso a lo que me refiero, que, si por alguna razón sientes en tu corazón apartarte de tu compromiso de ser monja, deberías inclinarte más al que puede caminar contigo en los caminos del Señor, pero también a tu propia iglesia. Que no te aparte de los tuyos."

Alentada por las palabras de la hermana Catalina, Leonor se inclinó hacia su amistad con Tomás, apreciando el consuelo y la comprensión que encontraban el uno en la presencia del otro. Su vínculo, arraigado en creencias compartidas y comprensión compasiva, se convirtió en una presencia reconfortante en su vida. Juntos, formaron una conexión basada en la fe, la compasión y el viaje compartido de navegar por las complejidades del corazón humano.

En los tranquilos rincones de la abadía y en las calles iluminadas por la luna de Santa-Clara, los susurros dentro de cada corazón se convirtieron en una sinfonía de fe, amor y los territorios inexplorados donde lo divino y lo mortal se entrelazaban.

Leonor, de pie en el patio iluminado por la luna de la abadía, se encontraba reflexionando sobre la evolución de la dinámica de sus relaciones. Los susurros de su corazón, antes un eco silencioso, cantan ahora un coro de fe, amor y la misteriosa interacción entre lo divino y lo terrenal.

En el aire flotaba la sensación de que grandes cambios estaban por venir, cambios que sacudirían los cimientos mismos de Santa-Clara y desafiarían todo lo que Leonor creía saber sobre el amor, la fe y su propio corazón.

CAPÍTULO 7
Hilos de Amor

El verano daba paso al otoño en Santa-Clara, y con el cambio de estaciones llegaba una transformación más profunda en el corazón de Leonor. Sus encuentros con Tomás se habían vuelto más frecuentes, cada conversación tejiendo un hilo más en el tapiz de su creciente conexión.

Sus paseos les llevaban a menudo a la capilla, un refugio donde lo divino y lo terrenal parecían desembocar. Las vidrieras de la capilla, con sus vibrantes representaciones de relatos bíblicos, proyectaban un espectro de luz que reflejaba la complejidad de sus emociones.

En este espacio sagrado, Leonor y Tomás encontraron consuelo. Al arrodillarse en oración, la serena atmósfera les envolvió, ofreciéndoles un momento de respiro del torbellino de sus luchas internas.

Saliendo de la capilla, ambos se sentaron en unos bancos del pueblo.
- "Tomás" – dijo Leonor. "¿Cómo te has sentido después de la muerte de tu esposa?

- "Me he sentido solo, hermana Leonor". – contestó Tomás. "Mi esposa fue una mujer maravillosa. Me respetaba, me amaba, y nunca conocí la tristeza a su lado. La extraño todo el tiempo. No sé si pueda volver a encontrar una mujer como ella."

- "¿Qué sería lo más que extrañas de ella?" – preguntó Leonor.

- "Todo" - contestó Tomás — "Pero una de las cosas que extraño mucho es que ella era mi acompañante en mis viajes misioneros. Cuando me sentía cabizbajo, ella me levantaba y me motivaba con sus palabras para darme animo siempre que lo necesitaba; así como dice Eclesiastés 4:10. Era la compañera idónea ideal. Siempre me motivaba a seguir predicando y a llevar el mensaje de la palabra a donde quiera que fuéramos. Después que ella partió con el Señor, mi corazón quedó destrozado y desanimado. Es por eso que vengo constantemente a escuchar al predicador Gabriel. Sus palabras me dan aliento, y me motivan a seguir hacia delante, a entender que todavía Dios tiene propósitos con mi vida."

- "Siento mucho la partida de tu esposa", dijo Leonor. "Pero aún eres joven, y te queda una vida por delante para seguir predicando el mensaje del Señor. Estoy segura que Dios pondrá otra mujer en tu camino para que te siga apoyando y animando como lo hacía tu esposa.

- "Yo también lo creo así, y espero que así sea, si es la voluntad de Él". – dijo Tomás.

A medida que Leonor profundizaba en su amistad con Tomás, experimentaba una profunda sensación de alegría y compañerismo, una ligereza de espíritu que no había sentido antes. A través de sus conversaciones, descubrió que sus experiencias compartidas de pérdida y dolor habían forjado un vínculo único, que les permitía ofrecerse mutuamente consuelo y comprensión.

Durante sus paseos por el pueblo, Leonor y Tomás se encontraron con el predicador, Gabriel, quien les saludó cordialmente, reconociendo la chispa de conexión que se había encendido entre ellos. Sus ojos reflejaban una profunda comprensión de las complejidades por las que estaban atravesando, y su presencia les sirvió de recordatorio de la importancia de permanecer arraigados en su fe.

- "Que gusto verlos por aquí" - dijo Gabriel.

- "El gusto es nuestro" dijo Tomás – "Hace poco hablábamos de usted y de sus prédicas que nos dan tantas fuerzas"

Gabriel ríe – "Las palabras vienen del Señor. Toda la gloria es para Él".

- "¿Y no está predicando hoy?" – preguntó Leonor, mientras sus ojos estaban anclados a los del predicador.

- "No" – dijo Gabriel – "Solo lo hago cuando tengo una palabra enviada por el Señor. No predico por predicar, solo cuando el Señor me da un mensaje para el pueblo.

- "Pues, con razón a tocado a tantos corazones." – dijo Leonor – "Y créame, esas palabras le han hablado tanto a mi corazón, y han cavado tan profundo, que solo Dios puede ser el autor de esas palabras tan profundas."

- "Así es hermana Leonor" dijo Gabriel – "Cuando el hombre habla, las palabras suenan y se van, pero cuando es el Señor la palabra se queda en el corazón, haciendo para lo que fue enviada."

- "Estoy muy de acuerdo con lo dice" –dijo Tomás – "Yo llegué a este pueblo con el corazón roto y herido, y las palabras que Dios le ha dado han comenzado a sanar las heridas que llevaba dentro."

- "Cuanto me alegro escuchar esas palabras" dijo Gabriel – "Eso me ayuda a entender que no he venido aquí en vano, sino que verdaderamente Dios tiene palabras para este pueblo."

Así siguieron hablando hasta que Gabriel se despidió de ambos y se marchó.

Allí Leonor y Tomás hablaron por horas referente a las palabras de Gabriel.

- "Leonor", dijo Tomás, su voz suave pero intensa, "¿puedo hacerte una pregunta personal?"

Leonor sintió que su corazón se aceleraba. - "Por supuesto, Tomás."

- "¿Cómo te has sentido desde que comenzaron las enseñanzas de Gabriel? ¿Ha cambiado tu perspectiva sobre... sobre el amor?"

Leonor se detuvo, mirando a Tomás a los ojos. - "Ha sido un viaje de descubrimiento, Tomás. Siento que mi corazón se ha abierto de maneras que nunca imaginé posibles."

Tomás asintió, una sonrisa triste en sus labios. - "Desde la muerte de mi esposa, pensé que nunca volvería a sentir... pero tus palabras, tu presencia..."

Se interrumpió, y Leonor sintió que algo se agitaba en su interior.
- "Tomás", susurró, "yo también he estado sintiendo cosas que no puedo explicar."

Antes de que pudieran decir más, el sonido de pasos los interrumpió. Era Sor Catalina, que se acercaba con una expresión de preocupación en su rostro.
- "Leonor, Tomás", saludó, su voz tensa. "La Madre Superiora ha convocado una reunión urgente en el convento. Parece que Sor Úrsula ha expresado algunas... preocupaciones. También tengo que avisarle al predicador. Quieren verle."

Leonor sintió que se le helaba la sangre. ¿Acaso Úrsula había notado sus crecientes sentimientos por Tomás?

En el convento, la tensión era palpable. La Madre Superiora estaba sentada a la cabeza de la mesa, su rostro una máscara de serenidad que contrastaba con la agitación visible de Sor Úrsula.

- "Hermanas, y Tomás", comenzó la Madre Superiora, "nos hemos reunido hoy para discutir los cambios que han ocurrido en nuestra comunidad desde la llegada de Gabriel y sus enseñanzas."

Sor Úrsula se puso de pie, sus ojos brillando con fervor.
- "Madre Superiora, no podemos ignorar el hecho de que estas nuevas ideas están llevando a algunas de nuestras hermanas por caminos peligrosos. Especialmente a Sor Leonor."

Leonor sintió que todas las miradas se volvían hacia ella. Tomás, sentado a su lado, le dio un apretón reconfortante en la mano bajo la mesa.

Gabriel, quien también había sido convocado, habló con calma.

- "El amor de Dios se manifiesta de muchas formas, hermanas. No debemos temer explorar nuevas formas de entender y experimentar ese amor."

El debate se calentó, con voces que se alzaban en defensa y en oposición. En medio del caos, el Duque Edmundo entró en la sala, su presencia imponente silenciando momentáneamente la discusión.

- "He escuchado sus debates desde fuera", dijo el Duque. "Y debo decir que, aunque al principio me opuse a estas nuevas ideas, ahora veo la transformación positiva que han traído a nuestro pueblo."

Sus palabras causaron conmoción. Sor Úrsula parecía a punto de protestar, pero la Madre Superiora levantó una mano para silenciarla.

- "Hermanas, Tomás, Duque Edmundo", dijo la Madre Superiora, su voz llena de sabiduría, "el amor, sea divino o humano, no es algo que podamos controlar o confinar. Es un regalo que debemos aceptar con humildad y gratitud."

Se volvió hacia Leonor, sus ojos llenos de comprensión.
- "Sor Leonor, he visto el conflicto en tu corazón. No temas explorar estos nuevos sentimientos. Tu amor por Dios no disminuye por el amor que puedas sentir por otro ser humano."

Leonor sintió que las lágrimas llenaban sus ojos.
- "Pero mis votos...", comenzó.

La Madre Superiora sonrió suavemente.
- "Los votos son una promesa de amor y servicio a Dios. Si tu corazón te está llevando en una nueva dirección, tal vez sea el camino que Dios ha elegido para ti."

Sor Úrsula parecía derrotada, pero había una chispa de comprensión en sus ojos. -"Tal vez", dijo lentamente, "he sido demasiado rígida en mi interpretación de nuestras tradiciones."

Gabriel se puso de pie, su presencia llenando la habitación.
- "El amor de Dios es como un río, siempre en movimiento, siempre buscando nuevos caminos. No podemos contenerlo, solo podemos dejar que nos guíe."

Terminada la reunión, ambos salieron de allí, y así paseaban por el sinuoso sendero que conducía a una capilla cercana. Leonor y Tomás se detuvieron en el jardín del convento. El sol se ponía, bañando todo con una luz dorada.

- "Leonor", dijo Tomás suavemente, "sé que esto es nuevo y aterrador para ti. Pero quiero que sepas que, pase lo que pase, estaré aquí para apoyarte."

Leonor miró a Tomás, su corazón lleno de una emoción que ya no podía negar.

- "Tomás", susurró, "creo que me estoy enamorando de ti."

Tomás tomó sus manos entre las suyas, sus ojos brillando con amor y esperanza.
- "Y yo de ti, Leonor. Y creo que este amor, lejos de alejarnos de Dios, nos acerca más a Él."

Mientras se miraban a los ojos, Leonor sintió que un nuevo capítulo de su vida estaba comenzando. Un capítulo lleno de amor, fe y la promesa de un futuro que nunca había imaginado posible.

La capilla, localizada en medio de un sereno bosquecillo, ofrecía un espacio sagrado para la reflexión y la oración.

Cuando entraron en la capilla, cuya atmósfera estaba impregnada de un sentimiento de reverencia, el corazón de Leonor se aceleró. La belleza de las vidrieras, que representaban escenas de historias bíblicas, iluminaba el espacio con un caleidoscopio de colores. Leonor sintió que entraba en un reino donde lo divino y lo terrenal se entrelazaban.

Dentro de la capilla, se arrodillaron en oración, buscando guía y bendiciones para su amistad. Mientras los labios de Leonor susurraban palabras de devoción, sintió que una abrumadora sensación de paz la inundaba. En aquel espacio sagrado encontró consuelo y su espíritu se vio envuelto por una profunda sensación de presencia divina.

Sin que Leonor lo supiera, Sor Catalina había estado observando su amistad con Tomás desde la distancia, y sus ojos sutiles reconocieron la pureza y la devoción que sustentaban su conexión. En su sabiduría, Sor Catalina comprendió que el amor, en sus múltiples formas, podía servir de conducto para que la gracia de Dios se manifestara en la vida de sus hijos.

Una noche, cuando Leonor regresaba a su dormitorio después de pasar el día en el pueblo, encontró a Sor Catalina esperándola. La vacilante luz de las velas proyectaba un suave resplandor sobre su rostro sereno. Sor Catalina se acercó a ella con dulzura.

- "Leonor, mi querida hermana, he estado observando la floreciente amistad entre tú y Tomás", comenzó Sor Catalina – "Tu amistad con Tomás es un viaje del corazón, guiado por la mano de Dios", - dijo suavemente. - "Recuerda, el amor en todas sus formas es una extensión de Su gracia".

Los ojos de Leonor se abrieron de par en par, su corazón dio un vuelco. Conmovida por la comprensión de Sor Catalina, sintió que se le quitaba un peso de encima. Temía la desaprobación de la hermana Catalina, su mirada buscaba cualquier indicio de decepción.

Pero, en cambio, la voz de la hermana Catalina tenía un aire de comprensión y aceptación.
- "Leonor, el amor es un don de Dios, un hilo que teje el tapiz de nuestras vidas. Mientras tu amor por Tomás permanezca arraigado en tu devoción a Dios y no te distraiga de tus deberes sagrados, confío en tu discernimiento."

Las lágrimas brotaron de los ojos de Leonor cuando el alivio inundó su ser. Se abrazó a la hermana Catalina, agradecida por su comprensión y la sabiduría que le ofrecía. Su amistad con Tomás, arraigada en la fe y la compasión compartidas, fue una exploración del amor divino en su manifestación terrenal.

- "Gracias por tus palabras, mi hermana querida." dijo Leonor, "en mi corazón está creciendo algo hermoso, una sensación que nunca había sentido. Y cada vez que hablo con Tomás siento algo tan diferente."

- "¿Igual que cuando hablabas con el predicador? – preguntó Catalina.

- "No hermana" dijo Leonor, "con Gabriel sentía admiración, aunque no niego que cuando lo veo siento confusión de lo que siento, pero me estoy dando cuenta que es solo admiración. Sus palabras eran un aliento para mí. Fueron sus palabras las que abrieron mis pensamientos a orar más a Dios para que me mostrara sus propósitos. Siento por él un amor de amigo, de la persona a quien yo puedo acudir cuando necesite una palabra de aliento."

- "Pues me alegro, porque he notado la forma en que Tomás te mira, y yo creo que Dios les está mostrando algo a los dos. No te digo que Dios tiene planes con ustedes, pero si te digo que ambos están siendo dirigidos por Dios con algún propósito. No es casualidad que ambos hayan estado escuchando al predicador; en Dios no existen casualidades, sino propósitos. Y pienso que Gabriel ha sido la persona la cual Dios ha enviado para que ustedes escuchen el mensaje de Dios para sus vidas. No te adelantes a los propósitos de Dios, deja que Él guie tu vida."

En ese momento, Leonor sintió una seguridad inquebrantable de que su amistad con Tomás estaba guiada por un propósito superior.

Mientras tanto, Gabriel, el predicador cuyos sermones habían conmovido los corazones de muchos, observaba la evolución de la relación entre Leonor y Tomás con una compleja mezcla de emociones.

Una punzada de tristeza parpadeó en sus ojos al ver los hilos de afecto que se tejían entre ellos.

Gabriel, dividido entre su papel de guía en cuestiones de fe y el reconocimiento de la genuina conexión que estaba floreciendo entre Leonor y Tomás, buscó consuelo en la oración.

- "Señor, concédeme la fuerza para navegar por las complejidades de las emociones humanas. Que Tu plan divino se despliegue en sus vidas, guiándoles por el camino de la rectitud. Y que en mi se reflejen los planes que tienes para con mi vida. Mientras guío a tu rebaño, concédeme sabiduría para entender las confusiones del corazón. Que el viaje de Leonor y Tomás sea un testimonio de tu amor.", - susurró, con una voz mezcla de esperanza y aprensión.

Su dolor, un tapiz tejido con los hilos de su propia soledad, reflejaba la lucha interna de un predicador que lidiaba con las debilidades del corazón humano. El potencial de distracción de la devoción inquebrantable a Dios, y tal vez, un destello de inclinación romántica, persistían en las sombras de su contemplación.

En el pueblo, las calles iluminadas por la luna se convirtieron en un lienzo para su exploración compartida. La conexión entre Leonor y Tomás se hizo más fuerte y cada encuentro supuso un paso más en el terreno de la comprensión espiritual y emocional.

Leonor se encuentra de pie en la capilla, con una luz que proyecta largas sombras. La tranquilidad de la capilla contrastaba con la tormenta de emociones que se estaba gestando en su interior. Mientras contemplaba la vacilante luz de las velas, sus pensamientos eran una maraña de esperanza, miedo y anhelo.

En el exterior, el pueblo permanecía inmóvil bajo la atenta mirada de la luna. La noche, con su quietud y su misterio, era un reflejo del viaje que Leonor y Tomás estaban emprendiendo, un viaje en el que las líneas entre el amor divino y el afecto humano se difuminaban, creando un tapiz de conexiones intrincadas y profundas.

En la distancia, Gabriel observaba la escena con una mezcla de alegría y un toque de melancolía, sabiendo que sus enseñanzas habían desencadenado cambios que iban más allá de lo que había imaginado.

Y en su oficina, la Madre Superiora se arrodillaba en oración, agradeciendo a Dios por la sabiduría para guiar a su rebaño a través de estos tiempos de cambio y descubrimiento.

CAPÍTULO 8
Hilos que se despliegan

El viaje de exploración y autodescubrimiento de Leonor y Tomás floreció en el pueblo de Santa-Clara. Su vínculo, arraigado en la fe compartida, se fortaleció con cada conversación sincera, entrelazando sus caminos espirituales. Pasaron incontables horas en conversaciones sinceras, tejiendo juntos los hilos de sus vidas, esperanzas y sueños.

Una mañana fresca, Leonor caminaba por la plaza del pueblo, su mente un torbellino de pensamientos. Se detuvo frente al taller de Tomás, observando cómo trabajaba hábilmente en una pieza de madera. Sin darse cuenta, una sonrisa se dibujó en sus labios.

Tomás levantó la vista y la vio. Dejando sus herramientas, salió a su encuentro.

- "Buenos días, Leonor", dijo, su voz cálida y llena de afecto.

- "Buenos días, Tomás", respondió ella, sintiendo un revoloteo en su corazón.

- "He estado pensando", comenzó Tomás, su voz suave pero decidida, "sobre lo que dijimos en el jardín del convento. Sobre nuestros sentimientos..."

Leonor asintió, sintiendo un nudo en la garganta.

- "Yo también he estado pensando mucho en ello, Tomás."

Antes de que pudieran continuar, vieron a Gabriel acercándose. El predicador los saludó con una sonrisa, aunque había un toque de melancolía en sus ojos.

- "Leonor, Tomás", dijo Gabriel, "me alegra verlos. ¿Puedo hablar con ustedes un momento?"

Los tres se dirigieron a un banco cercano, sentándose bajo la sombra de un viejo roble.

- "He estado observando el desarrollo de su relación", comenzó Gabriel, su voz suave pero firme. "Y quiero que sepan que lo que están experimentando es un hermoso reflejo del amor de Dios."

Leonor sintió que se le llenaban los ojos de lágrimas.

- "Pero Gabriel", dijo, su voz temblorosa, "¿cómo puedo reconciliar estos sentimientos con mis votos? Siento que estoy traicionando mi llamado."

Gabriel tomó las manos de Leonor entre las suyas, sus ojos llenos de comprensión.

- "Leonor, el amor no es una traición a Dios. Es una expresión de Su gracia. Tus votos fueron una promesa de amor y servicio a Dios, y ese amor puede manifestarse de muchas formas."

Tomás, que había estado escuchando en silencio, habló.

- "Desde que perdí a mi esposa, pensé que nunca volvería a sentir amor. Pero Leonor... contigo, siento que mi corazón se ha abierto de nuevo. Y en ese amor, siento la presencia de Dios más fuerte que nunca."

Gabriel asintió, una sonrisa triste en sus labios.

- "El amor entre dos personas puede ser un poderoso testimonio del amor de Dios. No teman explorar este camino juntos."

Mientras hablaban, no se dieron cuenta de que el Duque Edmundo se acercaba. El noble, que había experimentado una profunda transformación desde la llegada de Gabriel, los observaba con una mezcla de curiosidad y comprensión.

- "Veo que estoy interrumpiendo una conversación importante", dijo el Duque, acercándose al grupo.

Gabriel se puso de pie para saludarlo.

- "Duque Edmundo, únase a nosotros. Estábamos discutiendo las complejidades del amor y la fe."

El Duque tomó asiento, su rostro serio pero amable.

- "He estado reflexionando mucho sobre sus enseñanzas, Gabriel. Y aunque al principio me resistí, ahora veo la belleza en esta nueva comprensión del amor de Dios."

Se volvió hacia Leonor y Tomás.

- "Y veo ese amor reflejado en ustedes dos. No dejen que el miedo o las viejas tradiciones les impidan explorar lo que Dios ha puesto en sus corazones."

Leonor sintió una oleada de gratitud hacia el Duque. Su apoyo, junto con el de Gabriel, le dio la fuerza que necesitaba para enfrentar sus sentimientos.

- "Gracias", dijo suavemente. "Sus palabras significan mucho para mí... para nosotros."

En ese momento, vieron a Sor Catalina acercándose rápidamente, su rostro una mezcla de emoción y preocupación.

- "Leonor", dijo, casi sin aliento, "la Madre Superiora quiere verte. Dice que es importante."

Leonor sintió que su corazón se aceleraba. ¿Qué podría querer la Madre Superiora? ¿Habría cambiado de opinión sobre permitirle explorar sus sentimientos?

Con una última mirada a Tomás, Leonor se levantó para seguir a Catalina. Gabriel, Tomás y el Duque Edmundo las observaron alejarse, cada uno sumido en sus propios pensamientos.

En la oficina de la Madre Superiora, Leonor encontró no solo a la líder del convento, sino también a Sor Úrsula. El corazón de Leonor se hundió, temiendo lo peor.

- "Leonor", comenzó la Madre Superiora, su voz suave pero firme, "he estado orando mucho sobre tu situación. Y creo que ha llegado el momento de tomar una decisión."

Sor Úrsula, para sorpresa de Leonor, habló con una voz inusualmente suave.

- "He sido dura contigo, Leonor. Pero veo ahora que el amor que sientes... es puro. Y tal vez, en mi rigidez, he olvidado que Dios obra de maneras misteriosas."

La Madre Superiora sonrió.

- "Leonor, si tu corazón te está llamando a una nueva vida con Tomás, no debemos interponernos en el camino de Dios. Pero la decisión debe ser tuya."

Leonor sintió que las lágrimas corrían por sus mejillas.

- "Yo... no sé qué decir. Amo a Dios con todo mi corazón, pero también amo a Tomás. ¿Es posible tener ambos?"

La Madre Superiora se acercó y abrazó a Leonor.

- "Mi querida niña, el amor verdadero siempre nos acerca más a Dios. Si eliges seguir este nuevo camino, llevarás contigo todo lo que has aprendido y vivido aquí. Tu servicio a Dios simplemente tomará una nueva forma."

Sor Úrsula, con lágrimas en los ojos, añadió:

- "Y siempre tendrás un hogar aquí, Leonor. Pase lo que pase."

Leonor les dio un abrazo a ambas, y salió de la oficina con el corazón lleno y la mente clara. Sabía lo que tenía que hacer.

Encontró a Tomás esperando ansiosamente en el jardín del convento. Al verla, corrió hacia ella.

- "Leonor", dijo, tomando sus manos, "¿qué ha pasado?"

Leonor miró a Tomás, sus ojos brillando con amor y determinación.

- "Tomás, he tomado una decisión. Quiero explorar este amor contigo. Quiero ver a dónde nos lleva este camino, juntos."

Tomás la abrazó fuertemente, lágrimas de alegría en sus ojos.

- "Oh, Leonor", susurró, "te prometo que honraré este amor cada día de mi vida."

Mientras se abrazaban, Gabriel los observaba desde la distancia, una sonrisa agridulce en su rostro. Sabía que sus enseñanzas habían desencadenado estos cambios, y aunque sentía una punzada de tristeza personal, su corazón se llenaba de alegría al ver el amor de Dios manifestado de esta manera.

Leonor y Tomás fueron caminando de la mano por la plaza del pueblo, sus figuras bañadas por la luz del atardecer. Los aldeanos los observaban con una mezcla de sorpresa y alegría, sintiendo que estaban presenciando el comienzo de algo hermoso y transformador.

En el convento, la Madre Superiora se arrodillaba en oración, agradeciendo a Dios por Su guía y sabiduría. Y en su celda, Sor Úrsula miraba por la ventana, una nueva comprensión del amor y la fe floreciendo en su corazón.

En medio de su viaje, Leonor y Tomás se encontraron con una joven huérfana llamada Sara, que había sido abandonada por su familia y dejada a su suerte. Sus ojos reflejaban una profunda tristeza, su espíritu aplastado por el peso de la soledad. Movidos por la compasión, Leonor y Tomás acogieron a la niña y le ofrecieron un hogar cariñoso en el pueblo. Gracias a su orientación y al apoyo de la comunidad, Sara encontró consuelo en el amor y los cuidados de aquellos que le rodeaban.

La escena de los huérfanos se desarrollaba en el corazón del pueblo, donde edificios ruinosos se creaban como testimonio de las luchas de los olvidados por la sociedad. Leonor y Tomás, con Sara a remolque, caminaron por las estrechas callejuelas, sus pasos resonando en el silencio de las vidas descuidadas.

Sara miraba con desconfianza a las caras desconocidas y su pequeño cuerpo temblaba con una mezcla de miedo y expectación. Leonor se arrodilló a su lado y le dedicó una suave sonrisa que transmitía el calor de la tranquilidad. "Ahora estás a salvo, Sara. Estamos aquí para ti".

Tomás, con sus hábiles manos y su corazón compasivo, empezó a reparar una puerta de madera rota de una casa abandonada, simbolizando no sólo la reparación física de estructuras descuidadas, sino también la reparación de un alma joven en busca de refugio.

Los aldeanos, al principio desconfiados ante los forasteros, fueron aceptando poco a poco la presencia de Leonor y Tomás. Luego fueron testigos del poder transformador del amor en acción. Leonor y Tomás, con Sara como causa común, llevaron vida a los rincones olvidados del pueblo, encendiendo una chispa de esperanza que llevaba tiempo apagada. La genuina preocupación de la pareja por Sara provocó una transformación en la comunidad, reparando no sólo las estructuras físicas sino también los lazos de confianza y compañerismo.

Ya cuando la luna alumbraba con su bello esplendor, Leonor estaba de pie en la capilla, con la mirada fija en una vidriera que representaba una historia bíblica de redención y amor. Los vibrantes colores proyectaban un mosaico de luz a su alrededor, simbolizando el tapiz de su viaje: una mezcla de fe, amor y servicio.

Fuera, la aldea yacía en paz bajo el cielo nocturno. La luz de la luna bañaba las calles con un suave resplandor, reflejando la silenciosa transformación que estaba teniendo lugar dentro de sus límites. A lo lejos, Gabriel observaba desde su modesta vivienda, con el corazón lleno de una compleja mezcla de orgullo y contemplación, consciente del delicado equilibrio entre guiar y dejar ir.

CAPÍTULO 9
Hilos de resistencia

Los meses siguientes trajeron cambios significativos a Santa-Clara. Leonor, Tomás y Sara formaron un vínculo resistente, sus vidas entrelazadas en un tapiz de amor y experiencias compartidas. Juntos, afrontaron las pruebas que la vida les presentaba, encontrando fuerza y consuelo en su fe inquebrantable y en el apoyo que se brindaban mutuamente. La unión de ellos se había convertido en el centro de atención del pueblo, simbolizando una nueva era de apertura y comprensión. Sin embargo, no todos veían estos cambios con buenos ojos.

Con el paso del tiempo, el pueblo de Santa-Clara floreció bajo su cuidado colectivo. El espíritu afectuoso de Leonor, la habilidad artesanal de Tomás y la risa contagiosa de Sara trajeron esperanza y alegría a los corazones de todos los que los conocieron. Su hogar se convirtió en un santuario, un lugar donde las almas cansadas encontraban consuelo y donde el amor de Dios impregnaba cada rincón.

Una mañana fresca, Leonor y Tomás caminaban por el mercado del pueblo, sus manos entrelazadas y sus rostros resplandecientes de felicidad. Sara, la joven huérfana que habían acogido, saltaba alegremente delante de ellos. Sara, quien se quedaba a vivir Leonor, había comenzado a verla como el símbolo de una madre.

- "¡Mira, mamá Leonor!", exclamó Sara, señalando un puesto de frutas. "¡Manzanas rojas!"

Leonor sonrió, aún maravillada de cómo esa pequeña niña había llenado su vida de alegría.

-"Sí, cariño. ¿Quieres una?"

Mientras Tomás compraba las manzanas, Leonor notó miradas furtivas y susurros entre algunos aldeanos. Aunque muchos habían aceptado su nueva vida, otros aún la veían con recelo, considerando su abandono de los hábitos como una traición.

De repente, un hombre se acercó a ellos, su rostro contorsionado por la ira.

- "¡Traidora!", gritó, señalando a Leonor. "¡Has abandonado a Dios por los placeres terrenales!"

Tomás se interpuso protectoramente entre el hombre y su familia.

- "Señor", dijo con voz firme pero amable, "le aseguro que nuestro amor está bendecido por Dios."

El alboroto atrajo la atención de otros, incluyendo al Duque Edmundo, que se acercó rápidamente.

- "¿Qué está pasando aquí?", preguntó el Duque, su voz cargada de autoridad.

El hombre, aún furioso, se volvió hacia el Duque.

- "¡Usted lo permite, Duque! ¡Permite que esta... esta exmonja corrompa nuestro pueblo con su comportamiento pecaminoso!"

El Duque Edmundo miró al hombre con una mezcla de compasión y firmeza.

- "Amigo mío", dijo, "entiendo tu preocupación. Yo mismo una vez compartí tus dudas. Pero he visto el amor y la devoción de Leonor y Tomás. Su unión no es una traición a Dios, sino una celebración de Su amor."

Las palabras del Duque parecieron calmar un poco al hombre, pero la tensión en el aire era palpable. Leonor, con lágrimas en los ojos, se acercó al hombre.

- "Entiendo tu dolor", dijo suavemente. "Pero te aseguro que mi amor por Dios no ha disminuido. Ha crecido, se ha expandido para incluir a Tomás y a Sara. ¿No es eso lo que Dios quiere para nosotros? ¿Que amemos más, no menos?"

Sus palabras parecieron tocar algo en el hombre, que retrocedió, confundido, pero menos hostil.

Gabriel, que había presenciado la escena, se acercó.

- "Hermanos y hermanas", dijo, su voz resonando en la plaza, "el camino del amor nunca es fácil. Nos desafía, nos hace cuestionar nuestras creencias más arraigadas. Pero es en ese desafío donde encontramos la verdadera esencia de la fe."

Sus palabras tuvieron un efecto calmante en la multitud. Poco a poco, la tensión se disipó, aunque las miradas de duda persistían en algunos rostros.

Esa noche, en su pequeña casa en las afueras del pueblo, Leonor, Tomás y Sara se sentaron a cenar. El incidente en el mercado pesaba en sus mentes.

- "¿Mamá?", preguntó Sara, sus grandes ojos llenos de preocupación. "¿Por qué ese hombre estaba tan enojado contigo?"

Leonor intercambió una mirada con Tomás antes de responder.

- "A veces, cariño, las personas tienen miedo de lo que no entienden. Pero con amor y paciencia, podemos ayudarles a ver las cosas de manera diferente."

Tomás asintió, tomando la mano de Leonor.

- "Y nosotros seguiremos amándonos y sirviendo a Dios, sin importar lo que otros piensen."

Más tarde esa noche, después de acostar a Sara, Leonor y Tomás se sentaron en el balcón, mirando las estrellas.

"Tomás", dijo Leonor en voz baja, "a veces me pregunto si hicimos lo correcto. Si no estamos causando más daño que bien."

Tomás la abrazó con fuerza.

- "Leonor, nuestro amor es un testimonio de la gracia de Dios. Sí, enfrentamos desafíos, pero mira cuántas vidas hemos tocado. Mira cómo ha florecido Sara con nosotros. ¿Cómo puede eso no ser parte del plan de Dios?"

Mientras hablaban, no se dieron cuenta de que la Madre Superiora se acercaba a su casa. La anciana mujer los observó por un momento antes de hacer notar su presencia.

"Buenas noches", dijo suavemente.

Leonor y Tomás se levantaron de un salto, sorprendidos. "Madre Superiora", exclamó Leonor. "¿Qué hace aquí tan tarde?"

La Madre Superiora sonrió con calidez.

- "Escuché lo que pasó en el mercado hoy. Quería asegurarme de que estuvieran bien."

Invitaron a la Madre Superiora a sentarse con ellos, y pronto estaban inmersos en una profunda conversación.

- "Leonor", dijo la Madre Superiora, "tu viaje no ha sido fácil, lo sé. Pero quiero que sepas que estoy orgullosa de ti. Has mantenido tu fe y tu amor por Dios, mientras abrazas el amor que Él te ha dado con Tomás y Sara."

Las palabras de la Madre Superiora fueron un bálsamo para el corazón inquieto de Leonor.

- "Gracias", susurró, con lágrimas en los ojos. "Su apoyo significa mucho para nosotros."

Antes de irse, la Madre Superiora les dio su bendición.

- "Continúen siendo una luz en este pueblo", les dijo. "Su amor y su fe son un testimonio poderoso."

Mientras la Madre Superiora se alejaba, Leonor y Tomás se quedaron en el porche, sus corazones llenos de una renovada determinación.

- "Mañana", dijo Tomás, "empezaremos a construir ese orfanato del que hemos estado hablando. Mostraremos a este pueblo el poder del amor en acción."

Leonor asintió, una sonrisa iluminando su rostro. - "Juntos", dijo, "podemos hacer una diferencia real."

La plaza del pueblo, ahora un bullicioso centro de risas y lealtad compartidas, resonaba ahora con los murmullos del descontento. Leonor, Tomás y Sara se enfrentaron a un reto de enormes proporciones al enfrentarse a los miedos profundamente arraigados en los corazones de sus conciudadanos.

A medida que Leonor, Tomás y Sara continuaban con sus sinceras súplicas, los aldeanos empezaron a abrir sus corazones. Los actos de bondad y los gestos de reconciliación empezaron a salvar las diferencias, tejiendo un nuevo tapiz de confianza y compasión

Sin alterarse, organizaron actos de bondad, tendiendo la mano a los que sufrían, ofreciendo ayuda y escuchando. El poder curativo del amor empezó a tejer su camino a través de la comunidad, uniendo los hilos rotos de la confianza y la comprensión.

Gracias a sus esfuerzos conjuntos, la tormenta empezó a remitir, sustituida por un nuevo sentimiento de unidad y determinación. Los aldeanos, inspirados por Leonor, Tomás y Sara, redescubrieron el poder del amor para transformar vidas y devolver la esperanza.

Dentro de los muros de la abadía, Sor Catalina, que había estado observando el extraordinario viaje de Leonor y sus compañeros, se maravilló de la fuerza de su devoción y del profundo impacto que tuvieron en las vidas de los demás. Sabía que su viaje colectivo era un testimonio del ilimitado potencial de los corazones humanos tocados por lo divino.

Una noche, mientras Leonor y Tomás estaban sentados bajo el roble que había sido testigo del desarrollo de su amistad, la Hermana Catalina se unió a ellos, con los ojos radiantes de orgullo y alegría.

- "Su viaje, queridos amigos, no sólo ha transformado sus vidas, sino que también ha ensanchado nueva vida a esta comunidad. Con su fe inquebrantable y el amor que han compartido, han reavivado la llama de la esperanza en nuestros corazones."

Leonor y Tomás intercambiaron una mirada cómplice, con el corazón lleno de gratitud por el camino que habían recorrido juntos. Su amor por Dios y por los demás les había guiado a través de todas las pruebas, conduciéndoles a este momento de triunfo y curación colectiva.

Al ponerse el sol sobre el pueblo de Santa-Clara, Leonor, Tomás, Sara y toda la comunidad se reunieron en oración, alzando sus voces en señal de gratitud y alabanza. Sabían que su viaje, aunque difícil, había sido guiado por un propósito divino, un propósito que les había unido, había fortalecido su fe y les había permitido ser recipientes del amor de Dios.

En la plaza iluminada por la luna, los aldeanos, con sus corazones reavivados por la esperanza y la solidaridad, unieron sus manos en un círculo de unidad. Los retos a los que se habían enfrentado les habían unido más, forjando una comunidad más fuerte unida por los hilos irrompibles de la fe y el amor.

Leonor y Tomás abrazados bajo el cielo estrellado, su amor una fuerza resiliente frente a la adversidad. En el convento, Sor Úrsula miraba por la ventana, su corazón dividido entre la tradición y la nueva comprensión que estaba desarrollando. Y en su pequeña habitación en el pueblo, Gabriel se arrodillaba en oración, agradeciendo a Dios por los cambios que veía y pidiendo sabiduría para guiar a esta comunidad a través de su transformación.

La noche envolvía a Santa-Clara, pero en el aire flotaba una sensación de esperanza y posibilidad, como si el pueblo estuviera al borde de un nuevo amanecer.

CAPÍTULO 10
Hilos de Amor Eterno

El tiempo pasó rápidamente en Santa-Clara, y con cada estación que cambiaba, el amor entre Leonor y Tomás crecía más profundo y fuerte. Su hogar se había convertido en un faro de esperanza y amor para muchos en el pueblo, especialmente para los niños huérfanos y abandonados que habían acogido.

En los momentos de calma, Leonor y Tomás rememoran su viaje.
- "¿Recuerdas cuando nos reencontramos bajo este mismo árbol?". preguntó Leonor, con los ojos brillantes. "Tu amabilidad fue un bálsamo para mi espíritu inquieto".

Tomás sonrió, apretándole suavemente la mano. - "Y tu fe me inspiró, Leonor. Era como un faro que me guiaba en mis horas más oscuras".

Sus conversaciones, llenas de recuerdos y gratitud, eran testimonio de la fuerza de su vínculo, forjado en el crisol de las pruebas y los triunfos de la vida.

El amor que había florecido entre Leonor y Tomás había resistido las pruebas del tiempo y la adversidad, arraigado en su devoción compartida a Dios y su inquebrantable compromiso mutuo.

Su vínculo se había convertido en un testimonio del poder transformador del amor cuando se nutre del suelo de la fe.

Una mañana luminosa, Leonor y Tomás estaban cogidos de la mano bajo el imponente campanario de la iglesia del pueblo. La luz del sol entraba por las vidrieras y proyectaba un caleidoscopio de colores sobre sus rostros. Sus ojos, llenos de un amor profundo y duradero, reflejaban el camino que habían recorrido juntos. Allí ante los ojos de Dios y de los presentes contraían matrimonio con la bendición de Dios.

Mientras intercambiaban sus votos sagrados ante Dios y su comunidad, sus voces temblaban de emoción. Los aldeanos reunidos fueron testigos de la unión de dos almas unidas por un amor que trascendía las fronteras terrenales. Su historia de amor se convirtió en una encarnación del plan divino, un reflejo del amor eterno que Dios concede a sus hijos.

La Hermana Catalina, resplandeciente en su hábito, acompañada por la Madre Superiora, presidió la ceremonia, con una voz llena de calidez y solemnidad. Bendijo su unión, recordándoles la sagrada vocación que habían abrazado: ser faros de luz, amor y fe en un mundo que tan a menudo pierde de vista su propósito divino.

Los aldeanos se regocijaron, sus corazones rebosaban de alegría mientras celebraban la unión de Leonor y Tomás, quien adoptaron a Sara como hija propia. La comunidad, antiguamente fracturada, se había reconciliado, unida por un amor que emanaba de su seno.

Todo fue de alegría en aquel día. Los invitados reían, bailaban, y tenían un gran compartir entre el uno y el otro. Era momento de regocijo. Aquel gozo no se había visto en el pueblo de Santa-Clara por mucho tiempo. Las prédicas de Gabriel y la unión de Leonor y Tomás habían llenado la aldea de gozo y felicidad.

Una mañana soleada, Leonor y Tomás se encontraban en el patio de su casa, rodeados de risas infantiles. Sara, ahora una niña vibrante y feliz, jugaba con otros niños que habían encontrado un hogar con ellos.

- "Mira lo que hemos construido juntos", dijo Tomás, abrazando a Leonor por la cintura mientras observaban a los niños.

Leonor sonrió, sus ojos brillando con amor y gratitud.
- "Es más de lo que jamás soñé, Tomás. Cada día me maravillo de cómo Dios nos ha bendecido."

Su conversación fue interrumpida por la llegada de Gabriel, que se acercaba con una sonrisa cálida en su rostro.

- "¡Gabriel!", exclamó Leonor, yendo a saludarlo. "Qué alegría verte."

Gabriel los abrazó a ambos, su rostro radiante de felicidad.
- "Leonor, Tomás, vuestra historia de amor sigue siendo un testimonio del hermoso tapiz del matrimonio que Dios teje en nuestras vidas."

Tomás asintió, su voz llena de emoción.
- "Gracias, Gabriel. Tus enseñanzas plantaron la semilla de este amor. Nos mostraste que el amor a Dios y el amor entre nosotros pueden coexistir y fortalecerse mutuamente."

Gabriel sonrió, aunque había un toque de melancolía en sus ojos.

- "El matrimonio es una alianza sagrada, un espejo que refleja el amor entre Cristo y su Iglesia. Vuestro amor es un faro para todos en Santa-Clara."

Mientras hablaban, notaron que se acercaba una figura familiar. Era el Duque Edmundo, que había sido un firme apoyo para ellos a lo largo de todo este tiempo.

- "Ah, qué hermosa reunión", dijo el Duque, uniéndose al grupo. "Leonor, Tomás, vuestro amor ha transformado no solo vuestras vidas, sino todo nuestro pueblo."

Leonor sonrió al Duque.
- "Y usted, Duque Edmundo, ha sido instrumental en ese cambio. Su apoyo nos dio la fuerza para perseverar en los momentos difíciles."

El Duque inclinó la cabeza con humildad.
- "He aprendido tanto de todos vosotros. Vuestra fe y amor me han enseñado que el verdadero poder reside en la compasión y la comprensión."

Mientras conversaban, Sara se acercó corriendo, seguida por varios otros niños.
- "¡Mamá, papá!", exclamó, "¿podemos ir a la plaza? ¡Hay un festival!"

Leonor y Tomás intercambiaron una mirada de complicidad.
- "Por supuesto, cariño", dijo Tomás. "Vamos todos."
El grupo se dirigió a la plaza del pueblo, donde un festival de primavera estaba en pleno apogeo. La plaza estaba llena de color y música, con puestos de comida y juegos por todas partes.

Mientras caminaban, Leonor notó que muchas personas los saludaban con calidez. Incluso aquellos que una vez los habían mirado con recelo ahora sonreían y los saludaban.
- "Es increíble cómo han cambiado las cosas", murmuró Leonor a Tomás. Tomás asintió, apretando su mano.

- "El amor tiene el poder de transformar corazones, mi amor. Incluso los más duros."

De repente, vieron a la Madre Superiora acercándose, acompañada por Sor Úrsula y Sor Catalina.

- "¡Qué maravillosa sorpresa!", exclamó Leonor, abrazando a sus antiguas hermanas.

La Madre Superiora sonrió con calidez.
- "No podíamos perdernos la celebración. Después de todo, su historia es parte integral de la historia de Santa-Clara."

Sor Úrsula, que había recorrido un largo camino en su comprensión, añadió:
- "Leonor, Tomás, su unión es verdaderamente una bendición. Me ha enseñado que el amor de Dios se manifiesta de maneras que no siempre entendemos al principio."

Sor Catalina, con lágrimas en los ojos, abrazó a Leonor.

- "Siempre supe que encontrarías tu camino, amiga mía. Tu amor es una inspiración para todos nosotros."

Mientras el festival continuaba a su alrededor, el grupo se reunió en un círculo, sus corazones unidos en gratitud y amor. Allí Gabriel alzó la voz, atrayendo la atención de todos.

- "Amigos míos, miremos a nuestro alrededor. Veo una comunidad transformada por el amor. Veo corazones abiertos a nuevas posibilidades. Este es el verdadero poder del amor de Dios manifestado entre nosotros."

Leonor y Tomás se miraron, sus ojos brillando con lágrimas de felicidad.

- "Los hilos de nuestro amor", susurró Leonor, "están entretejidos en el tapiz de la eternidad."

Tomás asintió, abrazándola con fuerza.

- "Y en cada hilo hay una historia de fe, esperanza y amor. Nuestro viaje juntos es un testimonio de la naturaleza duradera del amor de Dios."

Mientras el sol comenzaba a ponerse sobre Santa-Clara, bañando la plaza en un cálido resplandor dorado, Leonor y Tomás se unieron a los aldeanos en un baile de celebración. Sara y los otros niños corrían y reían, sus voces mezclándose con la música en una sinfonía de alegría.

Gabriel observaba la escena con una sonrisa serena, sabiendo que sus enseñanzas habían dado fruto de maneras que nunca habría imaginado. El Duque Edmundo, de pie junto a él, puso una mano en su hombro.

- "Has hecho un gran bien aquí, amigo mío", dijo el Duque. Gabriel negó con la cabeza humildemente. - "No fui yo, Duque. Fue el amor de Dios obrando a través de todos nosotros."

Mientras la noche caía, las estrellas comenzaron a brillar en el cielo, como un reflejo de las luces y la alegría en la plaza. Leonor y Tomás se apartaron un momento de la celebración, encontrando un lugar tranquilo bajo el viejo roble donde su historia de amor había comenzado.

- "Mira cuánto hemos recorrido", dijo Tomás, abrazando a Leonor.

Leonor asintió, su corazón rebosante de amor y gratitud.
- "Y cuánto más nos queda por recorrer, mi amor. Juntos, con Dios guiando nuestros pasos."

Se besaron suavemente, su amor un faro de esperanza y fe para todos los que los rodeaban. Y mientras la fiesta continuaba en la plaza, Leonor y Tomás permanecieron abrazados bajo las estrellas, sus corazones latiendo al unísono, sus almas entrelazadas para siempre en el eterno abrazo del amor de Dios.

Pasó un año y el amor de Leonor y Tomás siguió profundizándose y floreciendo. Más aun con la llegada de su primer hijo, a quien criaron con el mismo amor y devoción que habían dado forma a su propio camino. Su hogar se convirtió en un santuario, donde la presencia de Dios se podía sentir en cada rincón, donde el amor reinaba supremo.

Sus corazones rebosaban de gratitud por el camino que habían recorrido: las alegrías, las penas y las innumerables bendiciones que habían experimentado. Sabían que su historia de amor, aunque única, no era más que un reflejo del amor eterno que Dios les había concedido.

En los corazones de los habitantes de Santa-Clara, Leonor y Tomás se convirtieron en leyendas, testimonios del poder transformador de la fe, el amor y la comunidad. Su historia, transmitida de generación en generación, inspiró a innumerables almas a abrazar la llamada divina en sus propias vidas.

Mientras Leonor y Tomás caminan cogidos de la mano bajo el cielo estrellado, reflexionan sobre el camino que han recorrido juntos. Su amor, fortalecido por las pruebas y las alegrías, se había convertido en una luz que guiaba a todos los que buscaban comprender el verdadero significado del amor y la devoción.

Una noche, bajo el inmenso cielo estrellado, los aldeanos se reunieron en el valle donde Gabriel pronunciaba uno de sus conmovedores sermones. Sus palabras, llenas de pasión y sabiduría, cautivaron los corazones de sus oyentes, haciéndose eco de los temas de amor y unidad que se habían convertido en la piedra angular de la comunidad.

- "Dios, en su inmenso amor," predicaba Gabriel "ha demostrado una y otra vez cuánto anhela que su pueblo viva en unidad. Desde la creación, nos ha hecho a su imagen, mostrando que fuimos diseñados para vivir en armonía, reflejando su naturaleza de amor. Cuando el egoísmo y la división surgen, distorsionan ese plan perfecto, pero, aun así, Dios en su misericordia nos llama a reconciliarnos. Su deseo es que todos sus hijos vivan en paz, apoyándose unos a otros, y reflejando el amor con el que Él nos amó primero.

El Señor nos recuerda que la unidad es clave para cumplir su propósito. Como cuerpo de Cristo, debemos caminar juntos, perdonando y edificando al otro. La verdadera fuerza no radica en la soledad, sino en la comunidad de creyentes que se aman y se cuidan mutuamente.

Dice la palabra en Efesios 4:3-4 'Esforcémonos por mantener la unidad del Espíritu en el vínculo de la paz. Un cuerpo, y un Espíritu, como fuimos también llamados en una misma esperanza de nuestra vocación', así que busquemos esa paz y esa unión en cada uno de nosotros".

Entre la multitud, apareció una cara conocida: la hermana Catalina. Había venido a escuchar las palabras de Gabriel, atraída por el profundo impacto que sus enseñanzas habían tenido en el pueblo. Mientras escuchaba, sus ojos se cruzaron con los de Gabriel, y en esa fugaz mirada, una chispa de entendimiento pasó entre ellos.

Sus miradas se detuvieron un instante más de lo necesario, insinuando una profundidad emocional que ninguno de los dos había explorado del todo. El aire que los rodeaba parecía zumbar con una pregunta silenciosa, una curiosidad no expresada que persistía en el espacio que los separaba.

Gabriel, al final de su sermón, miró a los aldeanos reunidos. Su mirada se detuvo en Sor Catalina, con una suave sonrisa en los labios. Había un indicio de algo más, una sugerencia de un vínculo que iba más allá de la mera amistad.

Cuando la multitud empezó a dispersarse, Sor Catalina se quedó con sus pensamientos convertidos en un torbellino de emociones que aún no comprendía del todo. La conexión que sentía con Gabriel, aunque contenida, era un poderoso trasfondo que no podía ignorar.

Leonor, que observaba desde la distancia, se fijó en el intercambio de palabras y sonrisas entre sor Catalina y Gabriel.

Una sonrisa de complicidad se dibujó en sus labios al darse cuenta de que su historia puede que no sea la única historia de amor y fe que se desarrollara en Santa-Clara.

Allí, el viaje de descubrimiento estaba lejos de terminar.

FIN

TODAS LAS CITAS BÍBLICAS DE ESTA
PUBLICACIÓN HAN SIDO TOMADAS DE LA

REINA-VALERA 1960. UTILIZADO CON PERMISO.

ACERCA DEL AUTOR

Pepe Luis Pedraza es un cantautor y escritor cristiano con varias producciones musicales y varios libros en el mercado.

Natural de Cidra, Puerto Rico, lugar que lo vio nacer y crecer. Residiendo ahora en la ciudad de Holyoke, Massachusetts.

Es escritor de "Reflexiones espirituales" semanalmente para un periódico local desde el año 2004 hasta esta fecha. (2024)

Su pasión por escribir lo llevó a escribir esta, su primer libro tipo novela cristiana. Teniendo en mente de siempre llevar un mensaje Cristo-céntrico en cada uno de sus libros.

Esto es el comienzo de libros futuros bajo el nombre de "Historias Para el Alma".